Gulliver Taschenbuch 349

Tonke Dragt wurde 1930 in Batavia (dem heutigen Djakarta) in Indonesien geboren, wo sie den größten Teil ihrer Kindheit verbrachte. Während des Zweiten Weltkriegs wurde sie mit ihrer Familie in einem japanischen Gefangenenlager interniert. Nach dem Krieg kam Tonke Dragt nach Holland und besuchte die Akademie für Bildende Künste in Den Haag. Mehrere Jahre war sie als Zeichenlehrerin an Schulen tätig und lebt heute als freie Schriftstellerin in Den Haag. Im Programm Beltz & Gelberg sind außerdem erschienen: *Der wilde Wald, Die Türme des Februar, Das Geheimnis des siebten Wegs, Der Goldschmied und der Dieb* sowie *Der Brief für den König*.

Tonke Dragt

Das unheimliche Fenster

... und andere Geschichten aus der magischen Zeit

Aus dem Niederländischen von Mirjam Pressler

Mit Illustrationen von Jindra Čapek

BELTZ & Gelberg

Editorische Notiz
Das unheimliche Fenster erschien erstmals
beim Georg Bitter Verlag, Recklinghausen.
Für diese Ausgabe wurde der Text neu durchgesehen.

Gulliver Taschenbuch 349

Programm Beltz & Gelberg, Weinheim

Einband von Max Bartholl
unter Verwendung einer Illustration von Jindra Čapek
Gesamtherstellung Druckhaus Beltz, 69494 Hemsbach
Printed in Germany
ISBN 3 407 78349 3
2 3 4 5 03 02 01 00 99

Inhalt

Das unheimliche Fenster
Eine Sage aus dem Land des Königs Unauwen
7

Das kalte Haus
Ein gespenstisches Reiseabenteuer
20

Der Drache und der Schlüssel
Ein Märchen
60

»Es war nur ein Traum«
Die Geschichte des Prinzen Tarne
85

Das tanzende Licht
Ein Leuchtturmmärchen
135

Das Messer
Ein Geistermärchen
171

Das unheimliche Fenster

Eine Sage aus dem Land des Königs Unauwen

An der Westküste, nördlich der Weißen Bai, erhob sich ein riesiger Felsen, der alles überragte, rau und schroff und oben abgeflacht. Dort wollte sich Ritter Marwen eine Burg bauen lassen.

Ritter Marwen war jung und tapfer, nicht zu sagen übermütig, und er war einer der Mächtigsten unter den Landesherren des Königs. Er wohnte im Schloss seiner Vorväter am Fuß des Felsens, aber er sagte: »Dieses Haus liegt hier unten zu sicher, zu beschützt und zu behäbig. Durch kein einziges Fenster kann ich weiter schauen, als meine Nase lang ist. Droben auf dem Felsen will ich eine Burg bauen, mit Fenstern nach Norden und Süden, nach Osten und Westen, so dass ich mein ganzes Land überblicke und weithinaus über das Meer schauen kann.«

Er ließ Baumeister kommen, tüchtige Architekten aus der Stadt. »Baut mir eine Burg«, sagte er, »hoch gelegen zwischen dem fruchtbaren Land und dem weiten Meer. Und wenn sie fertig ist, werde ich meine Braut hineinführen, die schöne Iduna.«

Die Baumeister zeichneten Pläne und dann kamen viele Arbeiter: Steinmetzen und Maurer. Sie begannen mit ihrer Arbeit, aber alles, was tagsüber gebaut wurde, war am nächsten Morgen wieder eingestürzt. Alles, was bei Licht geschaffen wurde, wurde in der Dunkelheit vernichtet. Die Fundamente, immer wieder neu gelegt, fielen zusammen. Jeder

Stein, der tagsüber aufgelegt wurde, rollte nachts wieder den Felsen hinunter.

Wie geschah das? Durch Erdrutsche? Oder durch den Wind, der immer und ewig um den Felsen wehte, den Sturm vom Meer im Westen?

Die Baumeister verzweifelten, die Arbeiter wurden böse und bekamen es mit der Angst zu tun. Doch die Bauern unten auf den Feldern und die Fischer am Strand flüsterten einander zu: »Weiß denn nicht jeder, dass dieser Felsen verflucht ist? Kein Mensch kann dort oben ein Haus bauen, noch nicht einmal ein Held wie Ritter Marwen.«

Ritter Marwen wusste, was sie sich zuflüsterten, aber er wollte seinen Plan nicht aufgeben. »Ich mache mich nicht verrückt wegen dieser Spukgeschichten«, sagte er. »Je schwieriger die Arbeit ist, umso größer ist dann die Befriedigung, wenn sie gelingt. Meine Burg wird dort oben stehen und Iduna, meine Braut, wird dort die Herrin sein.«

»Ach, Marwen«, sagte die schöne Iduna. »Für mich brauchst du dort keine Burg zu bauen. Der Felsen ist mir zu hoch und zu nahe bei dem wilden Meer.«

Der Ritter Marwen war halsstarrig. Wenn er einen Plan hatte, musste er auch ausgeführt werden, *immer*, egal wie. Er ließ andere Baumeister kommen, noch mehr Steinmetzen und Maurer. Doch alles, was sie tagsüber bauten, fiel nachts in sich zusammen und die Burg auf dem Felsen blieb ein Luftschloss. Dann sagten die Baumeister und Architekten, die Steinmetzen und Maurer: »Dieser Ort ist verhext. Hier können Menschenhände nichts bauen.« Und sie verschwanden, einer nach dem anderen.

»Marwen, Liebster«, sagte Iduna, »schon mehr als ein Jahr

ist nun verstrichen. Wann führst du mich als deine Frau in dein Haus?«

»Ich habe kein Haus«, sagte Ritter Marwen. »Ich träume nur von einer Wohnung mit tausend Fenstern nach allen Seiten, besonders nach dem Westen, wo das Meer liegt.«

In dieser Nacht stieg er hinauf, wie bereits viele Male zuvor. Oben auf dem Plateau blieb er stehen und seufzte.

»Warum«, sagte er, »darf meine Burg nicht hier stehen?«

Aus der Dunkelheit antwortete eine Stimme: »Weil das nicht Euer Boden ist. Dieser Felsen gehört mir und niemand darf hier ohne meine Zustimmung etwas bauen.«

Marwen erschrak. Dicht vor ihm stand eine dunkle Gestalt. Es schien ein Mann zu sein, in einen weiten Mantel gehüllt. Wo war der auf einmal hergekommen?

»Wer seid Ihr, Fremdling?«, fragte Ritter Marwen. »Und mit welchem Recht behauptet Ihr, dass dieser Felsen Euch gehört?«

»Dieser Felsen gehört mir seit Beginn der Welt«, sagte der Fremde. »Ich atmete meinen unnennbaren Namen darauf, lange bevor Menschen auf der Erde erschienen.«

»Wie ist dieser Name?«, flüsterte Marwen.

»Das werde ich Euch nicht sagen, Ritter! Einst wohnte ich hoch oben über den Sternen. Doch ich fiel herunter, ich stürzte tief in einen Regen aus Feuer. Und das Erste, was ich auf der Erde berührte, war dieser Felsen. Ich erinnere mich noch sehr gut, wie ich diese harten Steine verfluchte und wie das Meer zu tosen begann, als koche es …« Flüsternd fügte der Fremde hinzu: »Tief, tief bin ich gefallen und doch habe ich diesen Sturz überlebt.«

Marwen lief ein Schauer über den Rücken. Die Augen des Fremden schienen rot zu sein wie glühende Kohlen. Und unter dem Mantel meinte er einen Fuß zu sehen, der aussah wie ein Huf, und einen Schattenstreifen, der sich bog wie ein Schwanz.

»Ich glaube, ich weiß, wer Ihr seid«, sagte Marwen.

»Sag es nicht laut. Nenne mich Geist des Felsens.«

»Ein böser Geist, fürchte ich.«

»Ihr braucht mich nicht zu fürchten, Ritter. Ich will einen Bund mit Euch schließen. Ich werde Euch meinen Felsen vermieten und hier Eure Burg bauen, denn ich bin der einzige Baumeister, der dazu imstande ist. Doch ich tue es nicht umsonst.«

»Das verstehe ich«, sagte Ritter Marwen. »Was verlangt Ihr dafür?«

»Ich habe hier einen Vertrag«, sagte der Geist des Felsens. »Es fehlt nur noch Euer Name, geschrieben mit Eurem Blut.«

»Was steht in dem Vertrag?«, fragte Ritter Marwen. »Es ist zu dunkel, um ihn zu lesen.«

Plötzlich sprang ein Blitz über den wolkenlosen Himmel und beleuchtete den Vertrag, den der Geist Ritter Marwen vors Gesicht hielt.

»Jetzt habt Ihr Euch selbst verraten!«, rief der Ritter. »Ihr seid der Teufel! Meine *Seele* wollt Ihr haben. Eine unsterbliche Seele im Tausch für ein Bauwerk aus Holz und Stein.«

»Ein Bauwerk, das den Jahrhunderten trotzen wird, das Euch berühmt machen wird! Eine Burg für Euch und Eure Braut, die schöne Iduna.«

»Aha, Ihr wisst also, was ich mir wünsche«, sagte Marwen.

»Aber meine Seele könnt Ihr nicht bekommen. Ich liebe Iduna mit Herz und Seele, und wenn ich sie heirate, soll sie mich ganz haben, mit ganzem Herzen und mit ganzer Seele.«

Einen Moment lang schien der Geist des Felsens zusammenzusinken. Dann richtete er sich auf und sprach: »Um Geld oder Gut gebe ich nichts, ich sammle nur Seelen. Aber es ist mir gleich, wessen Seele ich für meine Arbeit bekomme. Ich will noch immer Eure Burg hier bauen, genau wie Ihr sie Euch erträumt. Ich werde Euren Wunsch erfüllen, aber unter einer Bedingung. Ich werde tausend Fenster in Eure Burg bauen und in eines werde ich die ganze Kraft meiner Kunst legen. Ein Fenster wird mir gehören! Und der Erste, der durch dieses Fenster hinausschaut, wird mein Eigen sein. Versprecht mir die Seele des Ersten, der einen Blick durch dieses Fenster wirft.«

»Ich könnte das Fenster schließen und verriegeln«, sagte Ritter Marwen.

»Ich werde vor alle Fenster Läden machen«, sprach der Geist des Felsens. »Die dürft Ihr schließen, wenn es Euch beliebt.«

»Und das gefährliche Fenster? Werdet Ihr mir zeigen, welches das gefährliche Fenster ist?«

»Natürlich werde ich es Euch zeigen.«

»Ich traue Euch nicht«, sagte Ritter Marwen. »Ihr wollt mir meine Burg also billig geben, ja, für nichts!«

»Ich gebe nie etwas für nichts. Nehmt Ihr mein Angebot an? Dann mache ich einen neuen Vertrag.«

»Ich nehme es an«, sagte Ritter Marwen.

So schloss er einen Bund mit dem Geist des Felsens und unterzeichnete den Vertrag mit seinem Blut.

Nur Ritter Marwen wusste, dass sein neuer Baumeister kein Mensch war. Und niemand sonst wusste, woher die Arbeiter kamen, die den Entwurf dieses Baumeisters ausführten. Sie arbeiteten nur nachts; die Bauern und Fischer sahen auf dem Felsen Fackeln brennen und sagten zueinander, das könne nicht gut ausgehen. Doch der Bau der Burg machte Fortschritte und schließlich war sie in ungeheuer kurzer Zeit beendet. Da sagten die Fischer und die Bauern: »Ist das nicht großartig? Ritter Marwen hat es also doch geschafft.«

Die schöne Iduna sagte nichts; sie betrachtete die Mauern und Türme und ihr wurde bang zumute. Der Baumeister zeigte Marwen die ganze Burg, von außen und von innen, und er sprach: »Ihr könnt Euer Haus beziehen. Und merkt Euch: Im höchsten Turm befindet sich nur ein einziges Fenster, das nach Westen geht. Dies ist *mein* Fenster.«

Der Baumeister ging fort, die Arbeiter verschwanden und Ritter Marwen gab ein großes Fest in seiner Burg. Triumphierend führte er die schöne Iduna als seine Frau über die Schwelle. Bis tief in die Nacht strahlte Licht aus allen Fenstern, nur aus einem nicht. Dieses Fenster blieb geschlossen. Ritter Marwen hatte die Läden verriegelt und einen Vorhang davor gehängt, damit das Fenster vor den Blicken verborgen blieb.

Das Frühjahr ging vorbei, dann der Sommer. Ritter Marwen und Iduna liebten sich mehr denn je und ihrem Glück schien nichts zu fehlen. Über ihre Burg wurde im ganzen Land gesprochen und sie empfingen viele Gäste. Marwen führte die Besucher durch alle Gemächer und Säle, mit Fenstern, die über das Land und das Meer blickten. Doch die Kammer mit dem gefährlichen Fenster zeigte er niemandem. Er selbst ging oft hin, insgeheim, um zu schauen, ob die Läden noch fest verriegelt waren. Und dann fragte er sich manchmal, wie die Aussicht von diesem hohen Turm wohl sein würde. Eigentlich traurig, die geschlossenen Läden: Nie würde jemand durch dieses Fenster hinausschauen …

Der Herbst kam mit Regen und Wind. Die Mauern der Burg aber waren fest und bebten noch nicht einmal beim heftigsten Sturm. Nun waren alle Läden geschlossen, doch die Tür zum Turmzimmer sprang auf und klapperte. Ritter Marwen bemerkte es und eilte hin; die Gardine bewegte sich vor dem gefährlichen Fenster.

»Es zieht hier«, sagte seine Frau, die ihm gefolgt war. »Wo kommt denn der Wind her?« Und bevor Marwen sie zurückhalten konnte, hatte sie den Vorhang schon zur Seite geschoben.

»Iduna! Tu das nicht!«, schrie Marwen und schwieg. Das Fenster war noch immer zu, die Läden waren verriegelt.

»Was ist los?«, fragte seine Frau erschrocken.

»O nichts, gar nichts«, sagte Marwen. »Ich habe geglaubt, das Fenster stünde offen.«

»Ich wusste nicht einmal, dass hier ein Fenster ist!«

»Es ist ein gefährliches Fenster«, sagte Marwen. »Weil … weil es so hoch ist.«

Er schob den Vorhang wieder vor das Fenster. »Ich sollte es lieber zunageln lassen.«

»Nein«, sagte Iduna. »Wenn das Wetter gut ist, kann man es öffnen und dann wird das ein sehr schönes Zimmer. Vielleicht bringe ich mein Spinnrad hierher.«

»Ich sehe dich lieber, wenn du vor dem Spiegel Perlen in deine langen Haare flichtst, Iduna, als dass du am Spinnrad sitzt. Doch was du auch tun möchtest, diese Kammer ist nichts für dich. Ich habe sie für mich gewählt, wenn ich einmal allein sein möchte.«

Idunas Gesicht zeigte einen verwunderten und verletzten Ausdruck. Ritter Marwen führte sie aus der Kammer und schloss diese sorgfältig ab.

Doch von diesem Tag an sprang die Tür immer wieder auf, und immer bewegte sich der Vorhang vor diesem unheimlichen Fenster, auch wenn die Läden stets zublieben.

Es wurde Winter. Draußen war es kalt, aber in der Burg war es warm und behaglich. Trotzdem fühlte sich Iduna nicht glücklich: Immer öfter saß sie allein in ihren schönen Gemächern. Und wenn sie Marwen suchte, fand sie ihn immer in der Turmkammer.

»Darf ich mich zu dir setzen?«, fragte sie ihn einmal.

»Die ganze Burg gehört dir«, sagte Marwen. »Darf ich denn nicht diese Kammer hier für mich allein haben?«

Als Iduna still weggegangen war, taten ihm seine Worte Leid. Dennoch rief er sie nicht zurück. Er blickte den Vorhang an und lauschte dem Meer. Nie dürfte er es öffnen, das unheimliche Fenster. Und wenn ich es doch tue, überlegte er. Wie wird das Meer aussehen? Grün und glänzend, mit weißen Schaumkronen … Vielleicht treiben Eisberge in der Ferne, vielleicht sieht man Fische, die Wasser spritzen … Er schüttelte die verlockenden Gedanken ab und ging zurück zu seiner Frau.

Aber jede Nacht in diesem langen Winter sprach er im Schlaf darüber. Und Iduna, die neben ihm lag, hörte ihn. Schließlich weckte sie ihn und sagte: »Marwen, ich bin deine Frau, du musst es mir sagen. Was ist das für ein Fenster, das dich bis in die Träume verfolgt?«

Da erzählte ihr Marwen, erst zögernd, dann erleichtert, alles von seinem Bund mit dem bösen Geist des Felsens.

»Ich bin froh, dass ich es weiß«, flüsterte Iduna, »aber es beruhigt mich nicht. Du hast einen hohen Preis für unser Haus bezahlt.«

»Ich dachte, ich bekäme es für nichts«, seufzte Marwen. »Tausend Fenster gibt es und ich denke immer nur an dieses eine.«

»Mach es nicht auf, Marwen! Sogar die schönste Aussicht ist den Preis deiner Seele nicht wert. Und was würdest du anderes sehen als das Meer, das du von überall sehen kannst?«

»Vielleicht sieht man mehr. Vielleicht sieht man das strahlende Land am Ende der Welt, von dem die Spielleute singen.«

»Das Fenster ist verflucht«, sagte Iduna. »Versuche es zu vergessen, Marwen.«

»Vergessen kann ich es nie«, sagte Marwen. »Aber ich werde es geschlossen lassen. Es ist gut, dass du es jetzt auch weißt, jetzt können wir uns gegenseitig helfen.«

Iduna nickte, doch sie dachte: Wie wird es mit denen sein, die hier nach uns leben werden? Diese Burg wird einst unseren Kindern und Kindeskindern gehören. Sie haben den Bösen nicht gesehen und keinen Vertrag unterzeichnet und doch ist auch ihre unsterbliche Seele in Gefahr. Werden sie stark genug sein, das Fenster geschlossen zu lassen? Und Marwen, ist er stark genug?

Sie sprach diese Gedanken nicht aus, aber sie beschäftigten sie Tag und Nacht. Gott helfe mir, dachte sie. Ich muss diesen Fluch brechen.

Endlich wurde es Frühling.

»Der Wind ist so mild«, sagte Iduna zu ihrem Mann, »die Vögel kommen aus dem Süden zurück. Geh hinaus, dann wirst du deine Sorgen vergessen.«

Als Marwen weggegangen war, rief sie ihre Diener und sagte: »Nehmt den großen Spiegel aus meinem Zimmer und tragt ihn die Treppe hinauf zum westlichen Turm.« In der Turmkammer wies sie ihnen genau, wo sie den Spiegel abstellen mussten, dann schickte sie sie weg.

Sie schob den Vorhang zur Seite und betrachtete die Luken vor dem gefährlichen Fenster. Dann nahm sie ein schwarzes Seidentuch und verband sich die Augen. So, ohne etwas sehen zu können, schob sie einen Riegel nach dem anderen zur Seite. Sie verletzte sich an den Fingern, aber es gelang ihr schließlich. Bei der Arbeit sprach sie leise vor sich hin: »Ich öffne das gefährliche Fenster und schlage die Läden weit auf. Ich höre das Meer, ich fühle den Wind, ich schaue hinaus und sehe nichts!«

Sie wandte sich ab und tastete sich weiter, bis sie das kalte Spiegelglas fühlte. Dann band sie sich das Tuch ab und blickte in den Spiegel, doch nicht nach sich selbst. Sie schaute durch das Spiegelbild des gefährlichen Fensters hinaus und sah das Meer und den Himmel darüber, so schön und wunderbar, wie sie es noch nie zuvor gesehen hatte.

Im Spiegel, dachte sie, ist jedes Fenster ein Zauberfenster. Laut sagte sie: »Komm, böser Geist! Ich habe das Fenster geöffnet, ich habe davor gestanden und habe hinausgeschaut.«

Da erschien aus dem Nichts der Baumeister der Burg, der dunkle Geist des Felsens.

In diesem Moment kam Ritter Marwen herein. Er blieb stehen, weiß vor Schreck. »Nehmt meine Seele«, sagte er, »nicht die ihre. Es ist Euch doch egal, wessen Seele Ihr bekommt.«

Der böse Geist blickte ihn an. »Die Seele des Ersten, der durch mein Fenster schaut«, sagte er. »So steht es geschrieben.«

»So steht es geschrieben«, sagte Iduna mit klarer Stimme. »Und hier steht diejenige, die hinausgeschaut hat.«

Sie deutete auf den Spiegel. »Die Seele meines Spiegelbildes gehört Euch, böser Geist … falls ein Spiegelbild eine Seele besitzt. *Ich* habe nicht aus dem Fenster geschaut, auch wenn ich alles gesehen habe, was dahinter ist.«

Der Geist des Felsens zuckte zusammen. »Immer muss ich zuschauen, wie mir meine Seelen entkommen«, sagte er mürrisch. »Ich kann hier nicht bleiben, hier, in einem Haus, in dem die Liebe wohnt.«

Er hob die Hand hoch und ließ etwas auf den Boden flattern. Es war der Vertrag, der sich nun zusammenrollte und in Rauch aufging. »Ihr habt gewonnen«, sagte er. »Aber« (und dabei warf er Marwen einen bösartigen Blick zu) »glaubt nicht, dass dieses Fenster nun ungefährlich ist! Es ist nun einmal von *mir* gemacht worden.«

Sofort darauf war er verschwunden.

Ritter Marwen blickte seiner Frau in die Augen und sah darin sein eigenes Spiegelbild. »Danke«, flüsterte er.

Dann gingen sie zusammen zum Fenster, das nun für immer weit offen sein durfte. Sie blickten hinaus über das unendliche Meer im Westen und Marwen sagte: »Sind das Wolken, die ich dort sehe, oder ist es ein leuchtendes Land? Ich würde gerne ein großes Schiff bauen und hinfahren.«

Iduna zitterte kurz. Es stimmte, ungefährlich war das Zimmer nicht, auch wenn der böse Zauber gebrochen war. »Willst du wegfahren«, sagte sie, »dein Leben wagen und mich hier zurücklassen?«

»Ich werde immer zu dir zurückkehren«, sagte Marwen. »Ich glaube, dass ich dich nicht lange vermissen kann. Diese Burg ist nun wirklich unser Heim geworden. Deshalb werde ich ihr einen Namen geben, deinen Namen, denn du hast sie sicher gemacht. *Iduna* soll sie heißen, die Burg Iduna auf dem Felsen am Meer.«

Das kalte Haus

Ein gespenstisches Reiseabenteuer

Ritter Marwen lebte in einer Burg an der Küste; diese Burg hatte wohl tausend Fenster und viele blickten hinaus auf das Meer im Westen. Doch eines – so wurde geflüstert – war verzaubert. Wer durch dieses Fenster hinausblickte, sah mehr als nur die See. Die Burg lag hoch oben auf einem Felsen und hieß *Iduna*, nach der Frau des Ritters Marwen. Er hatte sie von Herzen lieb und sie ihn, ihre Liebe war erprobt in Gefahr und das Glück lachte ihnen. Dennoch kam es erneut zu Schwierigkeiten und Marwen selbst war schuld daran. Oder lag die Schuld an dem so genannten gefährlichen Zimmer? Er blickte oft dort hinaus, über das Meer, obwohl man das Meer auch durch andere Fenster, vom Felsen und vom Strand aus sehen konnte ... Jedenfalls stand er vor dem hoch gelegenen Fenster, als ihm ein Gedanke kam und er einen Entschluss fasste.

»Niemand weiß, was dort im Westen ist, nur die paar kleinen Inseln und Sandbänke ganz in der Nähe und die großen Inseln vor der kalten Küste im Norden kennt man. Ich habe das Gefühl, dass es weiter weg noch mehr Inseln gibt – sehr schöne, ich glaube, dass ich einige gesehen habe. Und noch weiter weg erwarte ich wunderschöne Strände und Küsten von großartigen Ländern. Ich lasse ein Schiff bauen und mache mich auf die Reise.«

Seine Frau Iduna zitterte und seufzte. »Und ich, was ist mit mir? Ich kann nicht mit. Außerdem ist das Meer gefährlich, Marwen, und die Inseln und Strände sind vielleicht nur Luftspiegelungen oder das Spiel des Sonnenlichts durch niedrige Wolken. Du könntest in einen Sturm geraten, auf einem Felsen stranden. Du könntest zu den tödlichen Eisbergen im Norden abtreiben. Willst du mich im Stich lassen? Kein einziger Seemann war jemals weiter als bei den Inseln, keiner weiß etwas vom Meer im Westen.«

»*Jemand* muss ja der Erste sein, Iduna! Ich *muss* gehen, ich bin dazu berufen …«

»Das klingt gut, aber *wer* ist es, der dich beruft?«, flüsterte sie.

»Das Meer selbst, das Unbekannte … Ach, Liebste, meine Iduna, mach nicht so ein banges Gesicht. Ich werde dich doch nie verlassen! Sei nur für kurze Zeit Seemannsfrau. Ich reise im beginnenden Frühjahr ab, mit dem besten Wetter, und vor dem Winter bin ich wieder zurück. Ein Mann muss manchmal in die Welt hinaus.«

Iduna dachte: Und eine Frau? Doch sie wollte nicht fragen, ob sie mitdürfe. Seit kurzem war ihr morgens immer übel und sie fühlte etwas unter ihrem Herzen. Begann ein neues Leben unsichtbar in ihrem Körper zu wachsen? Ein Kind von ihr und Marwen? Doch sie war noch nicht ganz sicher und Marwen sprach weiter über seine Reise. Deshalb sagte sie nichts. Sie stieß auch keinen Fluch aus – auch wenn sie es gern getan hätte: einen Fluch über das Fenster, das Menschen auf gefährliche Ideen brachte.

Marwen ließ ein Schiff bauen, aus Fellen, die über einen Rahmen aus Holz gespannt wurden. Es hatte ein großes Segel und Ruder. Das Schiff wurde prachtvoll, darin waren sich alle Seeleute einig.

Marwen war zwar schon oft gesegelt, aber er war vernünftig genug einzusehen, dass er kein erfahrener Seemann war. Es kostete ihn keine Mühe, eine gute Besatzung zusammenzubekommen; er musste jedoch auch jemanden suchen, der mehr wusste als die anderen und der auch daran gewöhnt war, Menschen zu leiten.

Er fand einen sehr erfahrenen Bootsmann, der Fischerboote geführt hatte und den er seit Jahren kannte. Er hieß Ormen, ein rauer Kerl, älter als Marwen, und war fast auf dem Meer geboren und aufgezogen worden. Außerdem verstand er etwas von Kräutern und Medizinen und das konnte man immer brauchen. Und wer sollte nun der Kapitän des Schiffes sein? Marwen hatte schon bald jemanden im Sinn: In der Königssstadt lebte der Betreffende, einer der berühmtesten Entdeckungsreisenden zu Wasser und zu Land, ein Abenteurer, Kenner von Meeresströmungen, immer bereit, in die Ferne zu fahren, je weiter, umso besser, manchmal sogar zu weit ... Er war so alt wie Marwen, gebräunt und blond und schön: *Herr Argarath von Sterredave.*

»Ich als Kapitän?«, sprach Argarath. Seine blauen Augen glänzten; er wollte es sehr gerne tun, aber ... »Es ist Euer Schiff und es kann nur einen Kapitän geben.«

»Ich werde nur Passagier sein«, sagte Marwen. »Nun ja, auch Auftraggeber und Eigentümer des Schiffes. Ich werde mich Eurer Autorität unterwerfen. Nur bei Zweifeln möchte ich, dass wir eine Beratung abhalten, bevor ein Entschluss gefasst wird: Ihr, Ormen und ich. Seid Ihr damit einverstanden? Ist König Unauwen einverstanden? Oh, dann kommt mit, um Wunder zu entdecken. Betrachtet mein Schiff, es wird gerade beladen. Ein Prachtschiff – ich weiß nur noch keinen passenden Namen.«

»Nennt es *Versprechen des Sonnenuntergangs*«, sagte Argarath. »Der König ist einverstanden, denn ich vermehre seinen Ruhm. Ich muss nur mit meinem Vater sprechen, der ist alt und ich bin sein einziger Sohn. Doch Marwen, wenn das, was ich gehört habe, wahr ist, dann komme ich mit!«

Und so geschah es.

Ende März legten sie ab. Viele jubelnde Menschen waren gekommen, um ihnen zum Abschied nachzuwinken. Iduna hatte die Monate, in denen Marwen fort sein würde, an den Fingern gezählt. »Bist du im November zurück?«

»Wahrscheinlich eher«, antwortete Marwen zuversichtlich.

»Das sollten wir auch«, sagte Argarath. »Dann treiben nämlich die Eisberge südwärts.«

Iduna blickte auf das stolze Schiff und die kräftigen Männer an Bord. »Der Himmel segne euch!«, rief sie. »Eure Reise wird einen guten Verlauf nehmen.« Sie glaubte wirklich daran – wie hätte sie etwas anderes denken können?

Und die *Versprechen des Sonnenuntergangs* begann nach allen Feierlichkeiten und Ritualen ihre Reise nach dem Westen.

Erst fuhren sie die bekannten Wasserwege entlang, füllten unterwegs ihre Vorräte auf und nahmen dann Kurs nach Norden. An Bord waren auch bewaffnete Krieger, denn im Norden konnte man, außer den geheimnisvollen Angehörigen des Seevolks, auch Seeräuber treffen. Die *Versprechen des Sonnenuntergangs* passierte alle bekannten, wenn auch kaum besuchten Inseln und schwenkte dann um nach Südwesten, der untergehenden Sonne entgegen. Sehr weit westwärts kamen sie jedoch nicht: Ganz unerwartet erhob sich ein schrecklicher Sturm. Ein Sturm, zu heftig für den Sommer, und sie konnten nicht viel mehr tun als das Segel raffen und das Beste hoffen.

»Bestimmt steckt das Nördliche Seevolk dahinter,« sagte Kapitän Argarath. »Sie hassen Menschen und niemand ist je so weit gekommen wie wir bereits jetzt …«

Als sich der Sturm legte, hatten sie drei Männer verloren, sie waren über Bord gespült worden. Außerdem stellte sich heraus, dass sie viel zu weit nach Norden abgetrieben waren. Sie sahen große, träge Tiere auf seltsam geformten Felsen und in der Ferne trieben Eisberge.

»Wie ist das möglich?«, rief Marwen. »Wir haben doch erst Juni!«

»In diesen Breitengraden muss man auf alles gefasst sein«, sagte Argarath grimmig. »Wenn wir nur nicht in den Unerbittlichen Strom geraten!«

»Unerbittlicher Strom? Was passiert dann?«, fragte Ormen, der Bootsmann.

»Nichts … Nur, dass wir dann selbst nichts tun können, als uns mitschleppen zu lassen, wohin, das weiß niemand. Kommt, es ist viel zu tun. Die Männer am Ruder müssen abgelöst werden, und los, Jungs, rudert! Das Segel muss so schnell wie möglich repariert werden.« Argarath trieb alle zur Arbeit an und er selbst arbeitete am härtesten.

»Unerbittlicher Strom … mitschleppen lassen … zur Hölle!«, sagte der Bootsmann, als sie zusammen mit ein paar anderen schnell etwas aßen. Er blickte Marwen böse an. »Unselig der Tag, an dem ich beschloss, mit Euch zu fahren … Sogar wenn wir nach Hause zurückkommen, Ritter, sind schon drei Männer zu betrauern. Einer davon ist mein Neffe oder vielmehr er war es. Er wäre wirklich besser an Land geblieben.«

Marwen schwieg.

Das Meer war grün mit gefährlichen, weißen Schaumkronen. Beim zweiten Sturm erging es ihnen noch schlimmer. Sie hatten gerade das Segel repariert und waren ein ganzes Stück westwärts gerudert, als der Sturm losbrach, noch unerwarteter als der letzte. Es blieb ihnen nicht einmal die Zeit, den Mast umzulegen, und der brach auch bald mit lautem Krachen. Holzsplitter flogen durch die Luft. Marwen wurde von einem Stück Holz getroffen und kam erst viele Tage später wieder zur Besinnung.

»Ihr hättet tot sein müssen«, sprach Argarath neben seinem Lager. »Aber dank Eures harten Schädels und Ormens Salben lebt Ihr noch.«

»Sie helfen nicht immer, die Salben«, rief Ormen von irgendwoher. Er fluchte. »Ich habe Suppe für die Kranken gemacht, aber Ruman hat es nicht mehr geschafft, der fünfte Tote nach dem letzten Sturm. Schon acht insgesamt. Wir müssen wieder Dienst machen, Kapitän! Wenigstens wenn das Wetter es zulässt. Ich sorge nun erst für die beiden unter dem Vorderdeck. Die werden wohl auch …« Seine Stimme erstarb in einem unverständlichen Gemurmel.

»Was ist passiert?«, flüsterte Marwen. Sein Kopf tat weh, und unter ihm toste das Meer, obwohl der Sturm nachgelassen hatte. Erst jetzt bemerkte er, dass der immer strahlende Argarath müde und erschöpft aussah.

»Ihr habt es schon gehört. Fünf Tote sind es diesmal und außer Euch noch zwei Verletzte. Die meisten hat es über

Bord gespült. Einen haben wir noch aus dem Wasser geholt, aber er war tot, erfroren. Das Wasser hier ist eiskalt. Wir sind im Unerbittlichen Strom gelandet, Marwen. Etwas, was bisher noch niemand erlebt hat, der hinterher davon berichten konnte. Ein prachtvolles Reiseabenteuer.«

Marwen schloss die schmerzenden Augen. Er sah Iduna vor sich und hörte ihre Stimme: »All die Männer?«, schien sie zu sagen. »Waren dein Schiff und deine Entdeckungsreise diese Männer wert? Findest du es richtig, dass sie dein Abenteuer mit ihrem Leben bezahlen müssen?«

Mühsam fragte er: »Und was geschieht jetzt, Argarath?«

»Man erzählt von einer Insel hier irgendwo, sie soll entweder ein sicherer Hafen oder eine tödliche Gefahr sein. Bewohnt und kalt. Alles hier ist kalt.«

Ein Schauer lief über Marwens Rücken. Er fühlte viele Pelze und Decken über sich. Trotzdem zitterte er vor Kälte.

Die Stimme des Bootsmannes kam irgendwo aus der Dunkelheit. »Die Suppe ist fertig. Warm.«

»Steht auf, Marwen«, sagte Argarath eindringlich. »Steht auf und bewegt Euch, wenn Ihr leben wollt!«

Marwen gehorchte. Wie im Traum ließ er den dritten Sturm über sich ergehen, der von der Besatzung fast mit einer gewissen Heiterkeit begrüßt wurde. »Jetzt kommen wir vielleicht in ein anderes Fahrwasser«, sagten sie.

Doch als dieser Sturm vorbei war, waren sie nur noch zu viert, und einer von ihnen, der Schiffsjunge, starb in der folgenden Nacht an seinen Verletzungen.

Nun waren sie nur noch zu dritt und das Schiff war eher ein Wrack. Sie versuchten, das Beste aus der Situation zu machen. Den toten Schiffsjungen hoben sie feierlich über Bord, dann ruderten sie eine Weile wie verrückt, um einem Eisberg auszuweichen. Das gelang ihnen, aber sie schafften es nicht, dem Unerbittlichen Strom zu entkommen. Kapitän Argarath bewies nun, was er wert war; er schien nicht müde zu werden, blieb immer optimistisch – stark und strahlend, auch wenn seine Augen zu hell und zu blau in seinem mager gewordenen Gesicht wirkten.

Die Eisberge kamen immer näher. Zuweilen wurden sie zu hohen Mauern, zwischen denen sie hindurchfuhren. Ormen sah auf ihnen manchmal helle, menschenähnliche Wesen sitzen. »Das Seevolk«, meinte er.

»Ganz normale Seetiere«, sagte Argarath. Kurz darauf war er es, der auf etwas deutete. »Eine Insel! Kein Eisberg, sondern meiner Meinung nach eine wirkliche Insel … Schaut genau hin, ich glaube sogar, dass ein Haus darauf steht.«

So war es auch.

»Ich habe schon mal von dieser Insel gehört!«, rief Ormen. Er lief stampfend auf dem Deck hin und her, um warm zu bleiben, wobei er manchmal auf dem Eis fast ausrutschte.

»Ich auch«, sagte der Kapitän ruhig.

»Wir drei können dieses Schiff nicht steuern«, begann der Bootsmann, »auch wenn ich alles repariert habe, was ich konnte …«

»Weiß ich und ich bin voller Bewunderung …«

»Also werden wir hingeführt werden, ob wir wollen oder nicht.«

»Du hast Recht«, sagte der Kapitän. »Der Strom treibt uns geradewegs darauf zu.« Mit halb zugekniffenen Augen starrte er zur Insel hinüber. Nein, sie trieb nicht wie die Eisberge, die unter Wasser noch gefährlicher waren als darüber. Es war fester Grund und da stand wirklich …

»*Das kalte Haus*«, flüsterte Ormen. »Ein Geisterhaus, Eigentum des Seevolkes oder noch schlimmer … Ich habe auch von einer bildschönen Frau gehört, die einen dort festhält und in ihren Netzen verstrickt, denn sie ist eine Hexe.«

»Wir werden bald genug merken, was davon wahr ist«, sprach Argarath. »Aber ich sehe andere Strömungen … Schaut mal, dort und dort! Sollen wir es probieren? Rudern, so weit südlich wie möglich …« Er blickte Marwen an. »Was meint Ihr? Ihr wolltet all diese Abenteuer … Na ja, ich auch.«

»Aber nicht all die Toten«, sagte Marwen leise. »Ja, versuchen wir, in sichereres Fahrwasser zu gelangen.«

Sie versuchten es, aber es war ihnen nicht vergönnt. Die anderen Strömungen wirbelten zurück zur Hauptströmung und außerdem kam ein Wind aus der falschen Richtung auf. Es war ein Wunder, dass sie nicht kenterten oder gegen einen Eisberg krachten.

Eine enorme Welle spülte Argarath über Bord. Marwen wollte ihm sofort nachspringen, aber Ormen hielt ihn zurück. »Seid Ihr verrückt oder wollt Ihr auch sterben?«

Mit Hilfe eines Taus und eines Fischernetzes gelang es ihnen, ihn wieder an Bord zu hieven. Er lag zwischen ihnen auf dem Deck, Eiszapfen an seinen Kleidern, die Augen weit offen.

»Lauf und hol Decken und Rum, reib ihn …«, begann Marwen.

»Seht Ihr denn nicht, dass er tot ist?«, fragte der Bootsmann. »Mausetot! Nicht mal ertrunken, sondern einfach erfroren. Nun seid Ihr der Kapitän. Hebt ihn über Bord.«

Marwen fühlte, wie ihm die Tränen auf den Wangen gefroren. Sie holten kein Segeltuch, um Argarath einzuhüllen, sondern ließen ihn »Eins, zwei, drei, in Gottes Namen« ins Wasser fallen. Er trieb eine Weile mit ihnen mit, dann blieb er auf einer Eisbank direkt unter ihnen liegen, wie auf einem weißen Bett.

»Vielleicht bleibt er immer so liegen und sieht immer genauso aus«, murmelte Ormen. »Tief gefroren. Lebewohl, Ihr wart ein großer Seemann, Herr Argarath von Sterredave. Nur … wird jemals jemand etwas von Eurem Ende erfahren?«

Plötzlich wurde das Wasser viel ruhiger; bald war Argarath hinter ihnen geblieben und das Schiff trieb durch eine Lagune in einen ziemlich großen Binnensee. Jeder von ihnen griff nach einem Ruder, aber sie mussten nicht viel steuern. An der schmalen Landseite der Lagune war eine Art Kai, ziemlich abgebröckelt und versackt. Dort lagen Wrackteile von Schiffen herum. Als sie über das Wasser schauten, sahen sie ein viel größeres Stück Festland; es war hügelig und da und dort wuchs ein kahler Baum. Und da war auch das *Haus*, groß, dunkel und ganz deutlich zu erkennen.

»Dort oben brennt irgendwo Licht«, sagte Marwen, außer Atem. »Jetzt ist es weg.«

»Wahrscheinlich nur Einbildung«, brummte Ormen. »Es ist noch nicht Abend. Wir sollten irgendwo anlegen. Hier wird der Kai besser. Seht Ihr das Boot dort? Wie neu!«

Über den Kai kam ein Mann gelaufen, mit großen Stiefeln und dick angezogen, eine seltsame Mütze auf dem Kopf. Er winkte ihnen mit beiden Armen zu, sagte aber kein Wort.

Kurz darauf half er ihnen, geschickt wie ein Seemann, ihr

Schiff an den Kai zu lotsen und festzumachen. Er kam an Bord, lachte sie freundlich an und machte alle möglichen Gebärden. Doch auf keine ihrer Fragen erhielten sie eine Antwort. Schließlich deutete der Inselbewohner auf seinen Mund und seinen Hals, schüttelte den Kopf und zuckte mit den Schultern.

Ormen verstand. »Oh, er ist stumm.« Er blickte den Mann an. »Du kannst nicht sprechen. Ist es das?«

Der andere nickte heftig. Er war jung, vielleicht so alt wie Marwen, vielleicht auch jünger. Er schien entzückt zu sein über ihr Schiff, so ramponiert es auch war.

»Ich glaube wahrhaftig, dass er es für uns wieder herrichten will«, sagte Ormen. »Aber er will auch etwas anderes, nämlich dass wir mit ihm gehen.«

»Ja, zu dem Haus«, sagte Marwen.

»Nun, ich bin ziemlich erfroren. Das Schiff liegt hier gut und ich bin selbst neugierig auf das Haus.«

Sie stopften ein paar Sachen in ihre Seesäcke, ein paar nicht zu schmutzige Kleidungsstücke, etwas zu essen ... Sollten sie auch Decken mitnehmen? Der sprachlose Inselbewohner schüttelte den Kopf und deutete immer heftiger nach dem Haus.

»Seiner Meinung nach gibt es dort alles«, sagte Ormen gelassen. »Nun ja, dann wollen wir mal.«

Marwen stopfte schnell den letzten Band von Argaraths Logbüchern in seinen Sack. Dann gingen sie von Bord und folgten dem stummen jungen Mann den Kai hinunter, an ein paar verfallenen Gebäuden vorbei und schließlich über einen hügeligen Fußweg. Auf beiden Seiten wuchs fast nur Moos und es gab Sträucher und verdorrte Heide. Ein Teil des

Landes lag brach, hier und da war es mit Schnee und Eis bedeckt. Alle Bäume, die meisten von ihnen Kiefern, waren tot. Der Weg war nicht leicht zu begehen, immer wieder rutschten sie auf gefrorenen Pfützen aus. Ist es in meiner Heimat wirklich Sommer?, fragte sich Marwen. Nicht zu glauben. Er schaute zu dem Haus hin.

Solche Häuser kannte er. Es sah altmodisch und ganz normal aus: etwas zwischen einer Burg und einem Bauernhof, vermutlich um eine Halle herumgebaut. Um das Gebäude war ein Wassergraben mit treibenden Eisschollen, der durch einen Kanal vom See gespeist wurde. Eine Brücke, die an Eisenketten heruntergelassen war, knarzte, war aber in ziemlich gutem Zustand. Das verwitterte Tor mit rostigen Eisenbeschlägen war aus massivem Holz.

Ihr Führer öffnete die Tür mit einer Verbeugung und einer willkommen heißenden Gebärde. Zu dritt traten sie ein; die Tür fiel hinter ihnen zu, wurde aber nicht abgeschlossen.

Sie standen in einer großen, rechteckigen Halle, die tatsächlich das Herz des Hauses war. Die Halle, verwahrlost und verfallen, musste früher einmal sehr schön gewesen sein. Der Verputz war fast überall von den Wänden gebröckelt, doch da und dort waren noch Reste der Bemalung zu sehen. Auf den Bodenfliesen waren oft seltsame Verzierungen zu erkennen. Die Holzarbeiten waren fast bis in den First hinauf sichtbar – eine prachtvolle Konstruktion schwerer Balken. Galerien führten um die Halle herum. Die unterste schien erreichbar zu sein, sie sahen über Türen schmale Lichtstreifen. Unten, wo sie standen, gab es auch Türen und da und dort schmale Fenster; alles Glas war geborsten und zerbrochen.

Die dunklen Nischen unter der Galerie schienen meist als Schlafplätze zu dienen.

»Ein schönes Haus«, sagte Marwen.

»Aber kalt«, stöhnte Ormen. »Eiskalt.«

Ihr Gastgeber (oder wer er auch immer war) sprang in eine dunkle Ecke. Plötzlich hielt er eine brennende Fackel in der Hand. Er ging damit herum, als ob er alles zeigen wollte. An der Treppe schüttelte er warnend den Kopf, an einer Stelle des Fußbodens zeigte er ihnen wunderliche, grauenhafte, gliederfüßige Seetiere, ein bisschen krebsartig, in verschossenem Rot. Besser gefiel ihnen allerdings, dass er unterwegs weitere Fackeln anzündete, außerdem noch zwei Kerzen, eine von ihnen auf einem hohen Ständer und eine kleine auf einem Tisch, den sie zuerst nicht bemerkt hatten. Um den Tisch standen ein Sessel und ein paar Bänke. Und dann – wie herrlich – steckte er die Fackel in den Kamin, der tot und erloschen ausgesehen hatte. Sofort flammte ein Feuer auf, es knisterte wundervoll und gab Wärme. Die beiden Reisenden standen vor dem Feuer. Eine ganze Weile dachten sie nur an eines: sich wärmen.

Als sie sich umschauten, erblickten sie zu ihrem Erstaunen Teller, Schalen, Trinkbecher und eine Flasche Wein auf dem Tisch.

Ihr Gastgeber winkte ihnen und deutete mit seiner Fackel auf die Nischen unter der Galerie. In drei der Nischen lagen Strohsäcke und allerlei Felle. Er öffnete eine Tür und zeigte ihnen, was dahinter war: ein kleiner, kalter Raum, in dem Kübel, Kannen und Eimer mit Wasser standen. Auch dort entzündete er Feuer in einem kleinen Kamin und hängte einen Topf Wasser darüber. Aus einem Schrank zauberte er

Handtücher hervor, die er über einen Balken hängte, und für jeden der Reisenden ein Paar dicke, warme Socken. Danach brachte er sie zurück zu dem Tisch in der Halle. Das Feuer brannte noch immer. Die Schüsseln auf dem Tisch waren nun mit dampfendem Essen gefüllt.

»Alles, was man sich nur wünschen kann«, murmelte Marwen.

»Zauberei«, knurrte Ormen.

Der stumme junge Mann nahm seine Mütze ab, runzelte die Stirn und legte warnend einen Finger auf die Lippen.

Marwen lief herum. Er meinte, jemanden auf der untersten Galerie stehen zu sehen. Eine schlanke, weibliche Gestalt beugte sich über die Balustrade und blickte ihn an ... Er lief zur Treppe, aber schon im nächsten Moment war der junge Mann bei ihm, schüttelte den Kopf und hielt ihn zurück. Er deutete zum Tisch und machte eine Bewegung, als schiebe er sich etwas in den Mund. Marwen folgte ihm jedoch nicht. Er stieg schnell die knarrende Treppe hinauf ... Nach zehn Stufen hörte sie auf; es hätte nicht viel gefehlt und er wäre böse gefallen. Etwas beschämt ging er zum Tisch zurück, zu den beiden anderen. Seltsam, wenn man nach oben blickte, schien die Treppe vollständig zu sein.

»Das ist ein seltsames Haus«, sagte er. »Ich frage mich, was wirklich ist und was nicht.«

»Verflucht«, sagte Ormen. »Es scheint alles so schön zu sein, aber ich traue der Sache nicht. Alles Verfall, Betrug und Spuk!«

Es war, als habe er mit diesen Worten etwas ausgelöst. Plötzlich heulte der Wind, es blitzte und donnerte, Türen und Fenster sprangen auf und eine Flutwelle drang herein.

Das Wasser war wild und eiskalt, es stieg schnell, und sie konnten sich nur retten, indem sie in die Balken kletterten.

»Da geht unser Essen dahin«, stöhnte der Bootsmann. »Ich erfriere, ich halte es nicht mehr aus.«

»Hör auf zu jammern, halte dich gut fest!«, sagte Marwen barsch.

Ihr Gastgeber war auch in die Balken geflüchtet, er saß auf dem höchsten. Seine Lippen bewegten sich, aber kein Ton kam aus seinem Mund. Sehr erstaunt sah er nicht aus, fand Marwen.

Langsam begann das Wasser wieder zu sinken, aber sie wagten sich nicht nach unten, weil noch immer kleine Wellen durch die klappernde Tür hereingerollt kamen. Seetiere schwammen im Wasser herum, die das Ebenbild der in den Boden des Flurs geritzten Tiere zu sein schienen. Sie krochen auf den Tisch und fraßen alles auf, was nicht weggespült worden war.

Die drei Männer klammerten sich an den Balken fest, bis sie das Gefühl hatten, versteinert zu sein. Marwen schaute sich ständig um und überlegte. Durch offene Fenster und geborstene Wände sah er das Meer in wilder Bewegung, ihr eigenes Schiff – nicht viel mehr als ein Wrack – und das schöne Boot. Er blickte zu dem sprachlosen jungen Mann über ihm. Sie nickten einander zu.

Drunten sank das Wasser nun schneller, bis nur noch ein paar Pfützen und Eisschollen übrig blieben. Der Wind legte sich. Die meisten Wände schlossen sich wieder ... »Ich gehe hinunter«, rief Marwen.

»Ich auch, bevor ich tot runterfalle«, stimmte Ormen zu.

Kurz darauf standen sie zitternd und müde auf dem glatten Fußboden. Ihr Gastgeber war gleichfalls heruntergekommen. Er grinste zustimmend und steckte zu ihrer Verwunderung trotz der Nässe sofort wieder eine Fackel an. Dann rannte er schlitternd und rutschend den Seetieren nach, packte sie einfach und warf sie in den Kochtopf, der plötzlich im Kamin hing. Eine Bewegung mit der Fackel, und das Feuer brannte wieder, auch wenn es rauchte, so dass einem die Augen wehtaten.

Der stumme junge Mann deutete nach oben. Dort hingen an einem Haken Speckstücke und Netze mit Holz. Sie halfen ihm, Holz herunterzuholen, und warfen es ins Feuer. Das brannte immer besser und es wurde wieder warm in der Halle. Draußen dröhnte noch immer der Donner, doch die Gefahr schien vorbei zu sein.

Marwen folgte dem sprachlosen Gastgeber mit den Augen. Der zündete wieder Fackeln und Kerzen an und verschwand im Waschraum, um dort vermutlich ebenfalls alles wieder in Ordnung zu bringen.

Er kam mit drei Paar neuen Socken zurück. Zwei Paar warf er Marwen und Ormen zu, mit einer Bewegung, die wohl sagen sollte: Das sind die letzten. Er bedeutete ihnen, wie sie ihre Kleidung am Feuer trocknen könnten. Er zeigte ihnen die Nischen und nickte zufrieden. Alle drei Schlafplätze waren trocken.

Auf dem Tisch standen nun eine Schale mit Brot, ein Krug Bier und ein paar Suppenschüsseln.

»Wenn er denkt, dass ich von dieser grässlichen Suppe esse!«, flüsterte Ormen.

Marwen hörte ihm nicht zu. Zauberei, in der Tat, dachte er.

Die Frau stand wieder da. Was hatte sie damit zu tun? Und die Treppe … die schien heil gewesen zu sein. Nun war sie verschwunden.

»Ich weiß es!«, sagte er plötzlich leise. »Dieses Haus ist tatsächlich verzaubert, aber das darf man nicht sagen! Lass mich ausreden, Ormen! Spukerscheinungen, die tun als ob, Dinge, die passieren und die vielleicht nicht mal *wirklich* sind! Die Zauberei versucht, sich unseres *Geistes* zu bemächtigen! Die Treppe wird begehbar sein, wenn dein Geist stärker ist als die Magie, die sie vernichtet hat. Die Tiere, das Wasser … sie kommen nur, wenn wir denken: Verfluchter Spuk!« Er schauerte und seufzte.

Doch der stumme Junge lächelte und nickte dreimal. Sie gingen zu Tisch. Ormen aß doch von der Suppe.

Marwen setzte seine Überlegungen fort: »Wir müssen tun, als seien wir in einem ganz normalen und gastfreundlichen Haus. Wir dürfen noch nicht einmal etwas anderes denken. Dann sind wir vielleicht sicher …« Er wandte sich an den Bootsmann. »Ja, Ormen, du sollst noch nicht mal an Kälte und an Hexerei denken. Ich glaube, dass dir dann nichts passiert. Nun ja, ich sage einfach, was ich glaube …«

Es war nun fast ganz dunkel geworden, aber durch einige Mauerspalten und zerbrochene Fenster fiel bläuliches Mondlicht herein. Am Feuer, am Tisch, mit dem gelben Licht der Fackeln und Kerzen, war es behaglich. Die Treppe schien wirklich und bis oben begehbar. Und war *sie* nicht wieder dort oben auf der Galerie?

»Ich weiß nicht, wie ich Euch nennen soll«, sagte Marwen zu dem stummen jungen Mann. »Unsere Namen kennt Ihr, und ich hoffe, es gelingt mir, Euren auch noch zu erraten. Ihr versteht uns, wie ich bemerkt habe. Seid Ihr der Einzige, der hier wohnt?«

Der andere nickte mit Nachdruck.

»Dann seid Ihr also unser Gastgeber. Danke für alles.«

So saßen sie zu dritt beim Essen und langsam wurde ihnen warm. Aber waren sie wirklich nur zu dritt im kalten Haus?

Nach dem Essen zogen sie ihre feuchten Kleider aus und hängten diese über den nun leeren Tisch am Kamin. Nur ihre Socken behielten sie an. Mit Waschen hielten sie sich nicht lange auf, sie krochen so schnell wie möglich jeder in seine warme Nische, mit vielen warmen gewebten Decken und einem Pelz über gutem, weichem Stroh. Der schweigende Gastgeber ging als Letzter zu Bett. Er dämpfte das Feuer ein wenig und löschte die meisten Lichter. Zwei Kerzen in Laternen, eine neben seinem Bett, eine auf einer Bank beim Tisch, blieben brennen.

Marwen lag in der mittleren Nische. Ormen schnarchte sofort und von der anderen Seite waren bald die langen Atemzüge eines schlafenden Menschen zu hören.

Leise stand Marwen auf, zog zitternd seine noch feuchten Kleidungsstücke an, nahm die Laterne von der Bank und lief zur Treppe. Ja, oben, hinter einer Tür, brannte Licht, er sah es durch die Ritzen. »Und nun ja nicht denken: Spuktreppe, die halb zerbrochen ist«, sagte er zu sich selbst. »Ganz einfach jeder Stufe vertrauen.«

Es war nicht so schwer, wie er gedacht hatte. Nun, im Halbdunkel, mit dem verschwommenen Mondlicht von draußen und dem bisschen Licht drinnen, schienen Wirkliches und Unwirkliches fast gleich. Er ging die Treppe hinauf, dann über die Galerie bis zu der Tür, hinter der er das Licht wusste. Und die Tür ging auf, noch bevor er sie erreicht hatte.

Ihm gegenüber stand eine junge Frau, eine hohe Kerze in der einen Hand, mit der anderen hielt sie einen weißen Pelzmantel zusammen. Sie war barhäuptig, mit langen, nachtschwarzen Haaren. Die schönste Frau, die er je gesehen hatte, und keineswegs eine Geistergestalt, o nein! Sie hatte rote Lippen und blühende Wangen. Er hörte ihre Stimme, flüsternd, aber sehr wirklich: »Kommt herein, Fremdling, ich habe Euch schon erwartet. Seid willkommen in meinem Haus.«

Die Kammer, die er betrat, hätte sich in jedem reichen Schloss finden können. Nichts von Verfall oder verlorenem Glanz. In einem kleinen Ofen brannte ein Feuer, es gab einen Tisch und bequeme Sessel. Auf dem Tisch funkelten Gläser, eine Karaffe mit rotem Wein, silberne Schalen mit allerlei Leckerbissen. Viele brennende Kerzen. Dunkelfarbige, wollene Teppiche auf dem Boden, gestickte Wandteppiche. Zwei davon waren zur Seite geschoben. Einer ließ ein Stück eines mit Eisblumen bedeckten Fensters frei, der andere eine kleine Tür. In einer Ecke stand ein Himmelbett; durch die halb offenen Samtvorhänge sah man weiße Laken und weiche Daunendecken. Die unbedeckten Wandteile waren mit Bildhauerwerken und Malereien geschmückt ... Während Marwen dies alles blitzschnell in sich aufnahm, sah er, wie die junge Frau ihren Pelz abnahm und über einen Sessel gleiten ließ. Darunter trug sie ein leichtes Gewand aus Weiß und Gold. Sie war wirklich sehr schön und bestimmt sehr lebendig.

Er verbeugte sich vor ihr, einigermaßen steif, allein schon wegen seiner schmutzigen, noch nicht trockenen Kleidung.

»Euer Name?«, fragte sie.

»Ritter Marwen von Iduna.«

Einen Moment tauchte Iduna vor seinem geistigen Auge auf ... *Nein, ich vergesse dich nicht, meine Frau, ich liebe dich ...* Aber ihr Bild verschwand sofort, als die schwarzhaarige Frau wieder zu sprechen begann.

»Ihr friert, Ritter Marwen! Kein Wunder in meinem Kalten Haus. Zum Glück hat Wildo Euch geholfen.«

»Wildo?«

»Der Einzige, der mir Gesellschaft leistet, Freund und treuer Diener. Leider ist er seiner Sprache beraubt, ich erzähle noch nicht, wie das passiert ist ... Seid mein Gast, Ritter Marwen. Und geht erst in die Kammer nebenan – Ihr seht die Tür –, zieht Eure Kleider aus und hängt sie auf den Ständer. Dann badet in dem warmen Wasser ... O nein, macht Euch keine Sorgen, ich habe bereits gebadet und bekomme jeden Tag neues warmes Wasser. Morgen werden Eure weit gereisten und verehrten Kleider sauber sein. Und ich werde Euch etwas geben ...« Sie ging zum Schrank und holte ein tiefrotes Gewand heraus, das mit etwas Weichem und Warmem gefüttert war. »Zieht dies an, wenn Ihr es vorzieht, nicht nackt zu sein.«

Hinter der kleinen Tür befand sich ein luxuriöser Waschraum mit Bottichen voll warmem und kaltem Wasser ... Nun ja, alles, was man in diesem Haus nicht erwarten würde. Marwen genoss das alles, aber er beeilte sich.

Und plötzlich saß er in einem Sessel neben dem Ofen, in tiefroten Samt gehüllt, und ihm gegenüber saß die unbekannte, schöne, junge Frau.

»Ich bin froh, dass Ihr da seid! Ruht Euch aus, esst, trinkt!

Und außerdem: Erzählt mir etwas. Ich habe seit Jahren mit keinem Fremden gesprochen … Wo kommt Ihr her?«

»Von Idu… aus dem Reich von Unauwen.« Marwen beschlich das Gefühl zu träumen. Und das durfte er nicht! Das hier musste wirklich sein und wirklich bleiben. »Wer seid Ihr?«, fragte er.

Sie schenkte roten, funkelnden Wein in zwei Gläser. »Keine Angst, Marwen, dieses Zimmer ist frei von jedem Zauber, so seltsam das auch klingt. Außerdem kann ich selbst ein wenig zaubern. Nicht, dass ich den Fluch des Kalten Hauses brechen könnte! Das kann nur einer … Und mein Name, Ritter? Ich hatte einmal einen, ich war eine Königstochter. Aber das ist lange her. Meinen Namen haben sie mir genommen. So wie sie Wildo seiner Sprache beraubt haben.«

»Wer hat das getan?«

»Ich wage es nicht zu sagen«, flüsterte sie. »Allerdings müsstet Ihr doch etwas wissen oder wenigstens vermuten. Wie wäret Ihr sonst hierher gekommen? Still, sprecht einfach weiter mit mir. Die Zeit ist kurz, Ritter Marwen … Marwen …«

Sie aßen und tranken und inzwischen erzählte er ihr einiges von seiner Reise. Nichts von seinem Zuhause oder über Iduna und seine Abreise … sondern er sprach von anderen Ereignissen wie Argarath von Sterredaves Tod und dem Unerbittlichen Strom.

Manchmal versuchte er, etwas von seiner Herkunft zu erzählen, aber dann kam nicht viel mehr heraus als eine vage Geschichte über seine Burg »mit tausend Fenstern«. Der Name der Burg, der Name seiner Frau, wollte ihm nicht über die Lippen kommen. *Iduna* war weit weg, jetzt, da ihm diese schöne Frau gegenübersaß, die ihn mit feurigen, glänzenden Augen anblickte. Plötzlich zitterte sie.

»Euch ist doch nicht kalt?«, fragte er.

»Mir ist *immer* kalt. Ich *bin* kalt, nicht von außen, sondern von innen.«

Sie hatte rabenschwarze Haare. Iduna war blond. Aber Iduna war zu weit weg …

»Ich muss zu Bett«, sagte sie. »Ganz selten wird mir dann einmal warm. Du kannst gehen oder warten, bis deine Kleider trocken sind. Jedenfalls musst du hier weg, bevor die Sonne aufgeht …«

»Wer bist du, wer bist du?«

»Eine Prinzessin, früher … Aber ach … Ich bin einfach eine Frau, kein Mädchen, eine Frau. Allein und von meinem Mann verstoßen. Geh weg, Marwen, geh.«

Er warf Asche auf das Feuer und löschte die Lichter bis auf eine Kerze. Er brachte sie zu ihrem Bett mit den samtenen Vorhängen. Sie zitterte noch immer. Er zog sein geliehenes Samtgewand aus und kroch zu ihr unter die Decke. Er liebkoste und wärmte sie. Sie schliefen miteinander und waren kurze Zeit eins. Danach schliefen sie einen anderen Schlaf, erst friedlich und warm, später voller banger Erinnerungen und böser Träume.

Sie weckte ihn, warm, liebevoll und etwas besorgt. »Lieber Marwen, in einer Stunde geht die Sonne auf. Du musst weg!«

Es dauerte einen Moment, bis er so weit war, mit seltsam trockenen und sauberen Kleidern an. »Liebste Frau«, begann er.

»Still! Erzähle es niemandem. Noch nicht.«

»Ich will dich wieder sehen.«

»Morgen Nacht, wenn du möchtest. Sei auf der Hut vor mir, denn du hast mich wieder erwärmt und ich liebe dich.«

»Und ich liebe dich. Wer bist du?«

»Schweig! Und geh. Morgen wirst du alles hören.«

Er ging mühsam die Treppe hinunter, die Kerzenlaterne in der Hand. In der Halle herrschte kühle Stille. Er stellte die Laterne auf den Tisch und suchte sich tastend den Weg zu seinem Schlafplatz. Im vagen Morgenlicht sah er den stummen Diener. *Wildo* hieß er, das wusste er nun. Wildo saß aufrecht in seiner Schlafnische und starrte ihn an. Er machte eine fragende Handbewegung. Marwen konnte seinen Gesichtsausdruck nicht deuten. *Misstrauen? Freude? Bosheit? Eifersucht?* Er reagierte nicht darauf, sondern verschanzte sich in seiner eigenen Nische, ohne sich auszukleiden. Mit weit offenen Augen blieb er liegen und sah, wie es langsam Tag wurde. Sogar hier geht die Sonne auf, dachte er. Er hörte schläfrig, dass Wildo sich bewegte, aufstand und verschwand. Nach draußen. Wohin?

Nach einer Weile stand Marwen auch auf und Ormen nicht viel später. Auf dem Tisch standen ein Korb mit Brot und eine Kanne Milch. Marwen stocherte das Feuer an und fragte sich, wo auf dieser Insel wohl eine Kuh leben könnte.

»Wieso bist du so sauber?«, fragte Ormen. »Hast du dich gewaschen? Und deine Kleider …«

»Ja, ich habe mich gewaschen«, unterbrach ihn Marwen. »Frag nicht zu viel, lieber Bootsmann, das darfst du hier nicht tun. Komm, frühstücken wir und dann gehen wir hinaus.

Unser sprachloser Freund ist dort schon schwer beschäftigt. Ich glaube wahrhaftig, mit unserem Schiff.«

»Und ein Schiff brauchen wir«, sagte Ormen. »Du willst doch auch nicht hier bleiben? Bestimmt ist es kalt draußen, aber vom Arbeiten wird einem warm.«

Bevor sie hinausgingen, warf Marwen noch einen kurzen Blick nach oben. Nein, auf der unteren Galerie war niemand zu sehen. Es kam ihm nun vor wie ein Traum … Nein, doch nicht, er fühlte sich verändert. Und er würde sie wieder sehen …

Draußen am Kai war Wildo sehr beschäftigt. Er rannte von einem Schiff zum anderen – oder besser: von der *Versprechen des Sonnenuntergangs* zu dem einzigen Boot, das gut aussah, auch wenn es noch nicht fertig war, und sehr klein.

»Guten Morgen«, sagte Marwen. »Können wir helfen, Wildo?«

Der stumme Mann nickte erfreut.

»*Wildo!* Woher weißt du, dass er Wildo heißt?«, fragte Ormen misstrauisch.

»Einfach …«, begann Marwen langsam. »Weil, weil … Nun ja, Gebärdensprache! Nicht wahr, Wildo? Du kannst uns gut verstehen.«

Wildo bewegte seine Finger auf verschiedene Arten. Er machte ein W, ein I, ein L … Er buchstabierte seinen Namen.

»Ach so«, sagte Ormen kurz. »Daran hätten wir drei auch früher denken können.«

Er traut dem Ganzen nicht, dachte Marwen. Er weiß auch nichts von ihr, von oben … Aber ich könnte wetten, dass Wildo Bescheid weiß.

Mit viel Gerede zwischen Marwen, dem Bootsmann und den immer deutlicher werdenden Gebärden von Wildo kam eine Feststellung zutage: Ihr Schiff war zu reparieren, aber würden sie es mit zwei Mann Besatzung steuern können? Unmöglich. Wildos Boot hingegen war für zwei bis fünf Personen gedacht, ja sogar ein einzelner Mann könnte damit in See stechen … Wildo hatten bisher einige Zubehörteile gefehlt, die er nun finden konnte: auf ihrem Schiff.

»Willst du auch hier weg, Wildo?«, fragte Marwen.

Wildo nickte heftig.

»Wenn wir mitdürfen, dann nimm alles von unserem Schiff, was nötig ist. Denn wir wollen auch hier weg, Ormen und ich.«

Wieder nickte Wildo, lachte, schaute zum Himmel und hob drei Finger in die Höhe.

»In drei Tagen?«

Er lachte noch einmal und hob zwei Finger hoch.

»Oder in zwei … Das bedeutet harte Arbeit.«

Sie arbeiteten wirklich hart, alle drei. Marwen fragte sich, ob es vielleicht einen vierten Reisegefährten geben würde.

Als es zu dämmern begann, sagte der Bootsmann: »Wir werden das Boot natürlich mit allem Essen und allen Medikamenten und den warmen Decken, die wir haben, beladen. Und all das andere, nun ja … Aber sollen wir auch Kapitän Argaraths Logbücher mitnehmen? Wer weiß, vielleicht wäre das vernünftig. Bei allen Haien, ich hoffe, dass es uns gelingt, wie elend unsere Rückkehr auch sein wird. Aber meine Frau wird froh sein und deine auch … sogar noch mehr als meine, denke ich.«

Plötzlich wurde Wildo ganz steif. Er starrte Marwen an, erst mit einem Ausdruck der Enttäuschung, dann fast böse. Dann drehte er sich um und tat, als habe er nichts begriffen.

Sie gingen zum Haus, wo Wildo für Licht und Wärme sorgte. Aber ob es nun an einigen Bemerkungen Ormens lag oder an Wildos geheimen Gedanken oder einfach an unbegreiflicher Zauberei: Eine Stunde später saßen sie wieder im Gebälk, auf der Flucht vor einem Angriff des kalten, wilden Wassers.

Diesmal dauerte es nicht so lange. Vielleicht waren sie auch abgehärteter und mutiger geworden. Als sie unten waren, schauten sie erst nach, was mit ihrer Tagesarbeit geschehen war. Das Meer war genauso aufgewühlt wie beim letzten Mal, aber kein Schiff schien darunter gelitten zu haben. Wildo fing Seetiere, zündete das Feuer wieder an, mit zornigem Gesicht, und machte sich mit Besen und Putztüchern an die Arbeit. Die Schlafplätze waren trocken geblieben, aber trockene Socken gab es nicht.

Es dauerte eine Weile, bis sie wieder aufgewärmt waren. Aus den Mauerspalten fiel seltsames Licht: schwüles Gelb, verschwommenes Rot, giftiges Grün – aber es verblasste schnell. Zum Glück gab es das freundliche Licht von Fackeln und Kerzen in Leuchtern und Laternen. Sie blieben dicht am Feuer. Außerhalb des Feuerscheins waren sie immer wieder auf dem Eis ausgerutscht. Sie aßen, hängten ihre nassen Kleider ans Feuer und suchten dann die sichersten, wärmsten Orte auf: ihre Schlafnischen. Wildo blieb eine Weile aufrecht sitzen und folgte Marwen ständig mit den Augen.

Eifersüchtig?, dachte Marwen. Und ich gehe trotzdem, ich

habe es ihr versprochen. Ich bin nun sicher, dass er es weiß. Zum Glück kann er Ormen nichts davon erzählen.

Er hatte Sehnsucht nach ihr. Als es ganz dunkel war, schlich er wieder mit einer Laterne die verzauberte Treppe hinauf. Ormen schnarchte, Wildo lag still da. Aber er schaut mir nach, dachte Marwen.

Genau wie am Abend zuvor wurde er von der Frau an der Tür empfangen und in ihr schönes Zimmer geführt. Sie war noch anmutiger als in seiner Erinnerung, aber trotz des Feuers und des goldenen Lichts war ihr sehr kalt. Er legte die Arme um sie, um sie zu wärmen. Erst später sprachen sie miteinander, oder besser, sie sprach, während sie nebeneinander vor dem Feuer saßen.

»Ich war eine Prinzessin ... Ach, das Königreich, in dem ich geboren bin, ist nur klein, aber dennoch: Es hat viele berühmte Familienmitglieder, ja sogar Verwandte unter dem Seevolk – deshalb mein bisschen Zauberkraft. Meine Kindheit war einsam, meine Jugend noch einsamer. Meine Mutter war tot, ich hatte eine Stiefmutter, die mich nicht mochte, und einen alten, strengen, steifen Vater. Ich hatte auch ältere Brüder, die ich sehr liebte, aber die zogen schon in jungen Jahren aus dem Haus, um Abenteuer zu erleben. Manchmal kamen sie für kurze Zeit zurück, mit Schiffen voller Beute, die sie im Kampf gewonnen hatten. Wer weiß, vielleicht waren sie Seeräuber, ich habe nicht danach gefragt, unser Land war arm. Oh, ich hatte gute Freunde: die Katze, die starb, mein altes Kindermädchen, das starb, als ich dreizehn war, meinen jüngsten Bruder, der zu jung zur See ging und ertrank … und einen Freund meines Alters, mit dem ich von Kindheit an spielte, unser Faktotum, später wurde er Zimmermann: *Wildo*. Wir hatten einen Garten voller Blumen und Bäume, auch wenn unser Königreich weit im Norden lag – sicher und geschützt. Ach, Marwen, ich war zwar eine Prinzessin, aber als mein Vater starb, war ich einsamer als je zuvor. Meine Stiefmutter kümmerte sich nur um ihre Freunde, wir hatten uns nie gemocht, deshalb … Und meine Brüder … immer mehr Beute und immer mehr Freundinnen brachten sie nach Hause, sie gaben wilde Feste und neckten mich. Ihnen habe ich auch meine Heirat zu verdanken und ich war ihnen sogar dankbar dafür …«

Sie rutschte näher zu ihm. »Vergiss nicht, dass ich mich danach sehnte wegzugehen, frei zu sein, ein neues Leben zu beginnen und zu entdecken, was Liebe ist. Der Mann, der mich zur Frau begehrte, war kein wirklicher Mensch: Er war ein mächtiger Fürst des Seevolkes, ein Zauberer. Viel älter als ich, aber das konnte niemand sehen. Ich sah es auch nicht, er war schön, sehr schön. Und er liebte mich wirklich. Ich liebte ihn auch, anfangs glaubte ich das jedenfalls. Er gab mir eine ganze Insel mit einem Schloss und einer Hofhaltung. Nun ja, *diese* Insel hier. Früher wuchs hier Korn, blühten Blumen und es war warm, wenigstens im Sommer. *Er* war und blieb ein Zauberer. Er spielte mit Seeströmungen und also auch mit Schiffen, als wäre es nichts.

Ich hatte alles, was ich mir wünschen konnte, auch Menschen um mich herum. Einer von ihnen war Wildo. Ich meine den Wildo damals, er konnte sprechen. O Marwen, er konnte nicht nur sprechen, er konnte jedem die Ohren vom Kopf diskutieren, wahre und unwahre Geschichten erzählen und er konnte wunderbar singen. Er war inzwischen Schiffsbauer geworden, aber wir sagten oft: Du hättest Spielmann werden müssen.«

Sie schwieg eine Weile, er liebkoste sie und sagte leise: »Du zitterst noch immer. Hier ist es warm. Warum frierst du so?«

»Weil ich kalt *bin*, Marwen. Darum weißt du auch meinen Namen nicht. Der ist mir weggenommen worden. Weißt du, was es heißt, verheiratet zu sein?«

»Ich bin verheiratet«, sagte er.

»Davor hatte ich Angst. Liebst du sie?«

»Als ich abreiste, liebte ich sie sehr. Seltsam, nun ist sie nicht mehr als ein Schatten, eine Erinnerung.«

Sie beantwortete leidenschaftlich seine Liebkosungen. »Verheiratet … Manchmal bedeutet es nichts, nichts oder nur Traurigkeit. Ich war Herrin dieser Insel und die geliebte Frau eines mächtigen Herrn. Anfangs dachte ich, ich liebte ihn, aber … Oh, er war alt, alt, nicht äußerlich, sondern geistig. Und was schlimmer war, er war kalt. Er wollte, dass ich ihn wärmte, und das konnte ich nicht, wie sehr ich mich auch bemühte. Außerdem hasste ich alles, was er in seiner freien Zeit tat: mit Eisbergen und Strömungen spielen, denn damit brachte er Winterkälte und Tod. Wie viele Schiffe sind seinetwegen untergegangen! Er mochte Menschen nicht – nur mich. Und ich? Ich fühlte mich ebenso einsam wie früher und alle Pflanzen in meinem Garten starben. Erst kamen manchmal noch Gäste, später nicht mehr, die Reise wurde zu gefährlich. Die Menschen meines Hofes ließen mich im Stich, sie flüchteten in Schiffen. Nur Wildo blieb. Mein Mann überließ mich immer mehr und mehr mir selbst. Wenn er kam, hatte er mich lieb und wollte, dass ich ihn wärmte. Du kannst dir nicht vorstellen, wie kalt er war, er litt selbst darunter. Aber ich konnte ihm nicht genug geben, und dann wusste ich endlich, warum: Ich liebte ihn nicht wirklich, nicht genug … Nun ja, man nennt das eine ›eine unglückliche Ehe‹.«

Sie legte ihre Finger auf Marwens Lippen. »Lass mich meine Geschichte beenden! Ich liebte meinen Mann nicht und ich dachte nur an mich selbst – so jung und auf dieser Insel eingesperrt. Er ließ mich nirgendwo hingehen, auch wenn er nur noch selten nach Hause kam. Er ließ die Strömungen näher kommen und machte sie wilder. Die Insel selbst wurde kälter und kälter. Nur der treue Wildo heiterte mich manchmal auf. Bedenke, wir sind zusammen aufgewachsen und waren gute Freunde.

Und einmal, einmal saßen wir hier, genauso dicht beieinander wie wir jetzt. Er legte die Arme um mich, sagte, dass er mich liebte und dass er dabei war, ein Boot zu bauen. Ob ich es wagen würde, zusammen mit ihm zu fliehen. Ich sagte: Ja, ja … Und da stand plötzlich mein Mann im Zimmer. Er hatte alles gesehen und gehört. Er verfluchte uns beide. ›Aber wir haben nichts getan‹, sagte ich. ›Doch geplant‹, antwortete er. Er riss Wildo hoch – er war schön, das habe ich schon gesagt, aber er war auch groß und stark. ›Schwätzer und Schmeichler‹, sagte er. ›Nichts kannst du, als Geschichten aufzutischen. Gut, dann nehme ich dir das weg. Aus ist es mit deiner Sprache und deinen schönen Worten. Sieh zu, wie du damit weiterkommst.‹ Er warf Wildo die Treppe hinunter, der arme Junge war nicht verletzt, aber aus seiner Kehle kamen nur noch seltsame Töne, dann nichts mehr. Schrecklich! So wurde Wildo stumm.«

»Wirklich schrecklich«, sagte Marwen leise. »Aber …«

»Kein Aber! Ich wurde auch bestraft. ›Oh, treulose Frau‹, begann er. ›Das bin ich nie gewesen‹, rief ich. Einen Moment lang hatte ich noch Hoffnung, denn ich wusste, dass die Leute vom Seevolk sich mehr als einen Mann oder eine Frau suchen dürfen. Mein Mann war nicht so, er liebte mich wirklich, denn er sagte: ›Ich war kalt und suchte Wärme, aber die hast du mir nicht geben wollen. Deshalb bekommst du jetzt, was du mir gegeben hast: *Kälte*. Es soll dir kalt sein! Das Haus, das ich für dich bauen ließ, soll verfallen und vergehen … Ein Spukhaus, nur bewohnbar für einige Auserwählte. Weil ich dich einmal liebte, soll dieses Zimmer so bleiben, wie es ist, mit allem, was du nötig hast.‹ Ich sagte: ›Bin ich denn nicht noch immer deine Frau? Ich habe doch auch Rechte.‹ Er dachte nach. ›Ich hasse dich‹, antwortete er. ›Ich verstoße dich als meine Frau und will dich nie wieder sehen. *Aber wenn jemals jemand herkommt, den du liebst und der dich ebenso liebt, so sehr, dass ihr euch ewige Treue zu schwören bereit seid, dann wird die Verzauberung zunichte werden. Nur muss er versprechen, für immer mit dir hier zu bleiben. Die Insel und das Haus sollen dann so werden wie früher, die Kälte soll verschwinden und neue Pflanzen sollen wachsen.*‹ Ich flüsterte: ›Wirklich?‹ ›Wirklich‹, sagte er. ›Aber erwarte nicht zu viel davon. Die meisten Männer werden fliehen …‹ Wildo wird seine Sprache zurückbekommen, sobald die Verzauberung gebrochen ist.«

Die Frau löste sich aus Marwens Umarmung. Sie stellte sich aufrecht vor ihn. »Nun weißt du alles«, sagte er. »Jedes Jahr wird das Meer wilder, werden das Haus und ich kälter und älter …«

Marwen gebot ihr zu schweigen. Er trug sie zum Bett. Dort wärmten sie sich gegenseitig, schliefen zusammen und vergaßen alles, außer einer den anderen.

Doch nach der Nacht kam der Tag, fahles Licht schien ins Zimmer und weckte sie beide.

»Liebst du mich?«, flüsterte sie. »Ich bin warm und ich heiße Arda.«

»Ja«, antwortete er. »Ich vergesse meine Frau und schwöre dir ewige Treue. Ich schwöre alles, alles ...«

»Meinst du das ehrlich?«

»Ja, aber ich tue es nicht leichten Herzens. Einen Treueschwur vergisst man nicht sofort. Und da gibt es noch Ormen und Wildo, die an dem Boot bauen, um mit mir gemeinsam zu fliehen.«

»Mach weiter mit dem Boot. Tu so als ob! Ich habe meinen Mann nie mehr gesehen, aber er weiß trotzdem, was hier geschieht. Er darf nichts vermuten, bevor es nicht eine Tatsache ist. Liebster, schwörst du mir Treue, bleibst du bei mir?«

»Ja.« Er küsste sie. »Arda, Arda ...«

»Du musst jetzt gehen«, gebot sie. »Ich glaube es noch nicht ganz. Die anderen sind auch weggegangen. Und wenn ich ein Kind bekomme, wenn du weg bist?«

»Ich bleibe«, sagte Marwen.

Sie stand auf. »Geh! Es ist schon spät.«

Er sprang aus dem Bett. »Bis bald, Liebste. Und wenn du ein Kind bekommst, dann nenne es ...«

»Marwen.«

»O nein, dann nenne es Argarath, oder Arga, wenn es ein Mädchen ist.« Er zog seine Kleider an.

Sie flüsterte: »Aber wir werden ihm doch zusammen einen Namen geben? Wenn …«

»Kein Misstrauen, Arda. Ich bleibe hier. Bis heute Abend oder früher.«

»Heute Abend«, sagte sie.

Sie taten als ob – jedenfalls Marwen tat als ob, und vielleicht auch Wildo, wer weiß? Sie machten das Boot fertig für die Reise.

Inzwischen wurde Marwen immer mehr von zwei Bildern gequält: dem seiner Frau Iduna, die bestimmt bald ihr Kind bekam, und dem von Arda, die er auch liebte … Was sollte er tun? Zu seiner Frau zurückkehren oder sie jahrelang vergeblich auf ihn warten lassen … oder die andere Frau zurückstoßen in die Kälte eines bösen Zaubers? Er wusste es nicht. Er fragte sich, was die beiden anderen wohl vermuteten. Sie schienen beide etwas von ihm zu erwarten. Und noch deutlicher war das Gefühl: Ich muss die Sache zu Ende bringen. Es ist Sommer im Land von Unauwen. Und so sollte es hier auch sein! Es ist wirklich zu kalt.

»Du musst so tun, als würdest du mitfahren«, sagte Arda in dieser Nacht. »Sonst werdet ihr bestimmt zurückgehalten. Er will nicht, dass ich erlöst werde.«

Sie zitterten beide in dem großen Bett.

»Ihr müsst morgen Abend fahren und nicht durch den See und den Unerbittlichen Strom. Tragt das Boot zum Strand hinter meinem Haus, Wildo kennt den Weg. Es wird nicht zu schwer sein.«

»Dann werde ich … dann werden sie nie sehen, ob Argarath

noch dort liegt. Ach, was macht das schon? Ich werde es ihnen sagen, Liebste. Und vertrau mir, ich bleibe, ich kann nicht anders.«

»Ich vertraue niemandem mehr. Aber du kannst mich wärmen. Umarme mich und sage nichts, nichts mehr.«

Am folgenden Tag zog Marwen Ormen ins Vertrauen. Er erzählte nicht alles, aber genug, um seinen Entschluss zu erklären. Er wollte so tun, als ginge er mit, aber in Wirklichkeit wollte er auf der Insel zurückbleiben. Er hatte der Frau, die hier Herrin war, ewige Treue geschworen. Ormen sagte eine Menge unfreundlicher, aber vielleicht auch wahrer Dinge. Er hatte schon etwas vermutet.

»Mitten in der Nacht wurde ich wach und da warst du weg. Aber deine Frau, was ist mit deiner Frau?«

»Ich liebe sie auch, ich liebe sie alle beide, glaube ich«, flüsterte Marwen ratlos. »Sage Iduna, ich wäre ertrunken. Dann wartet sie wenigstens nicht umsonst auf mich.«

Ormen nickte. »Feige und sehr vernünftig. Sie bekommt bestimmt noch einen anderen Mann. Sogar meine Alte würde vielleicht noch einen bekommen. Nun ja, ich werde also mit dem stummen Wildo zusammen die Reise antreten …«

»Du weißt, dass er ein guter Seemann ist.«

»Und auch verliebt in die Frau, wenn ich es richtig sehe.«

»Ach, halte den Mund, Ormen! Wildo ist wahrscheinlich mehr wert als wir beide zusammen. Und wenn der Zauber gebrochen wird, bekommt er seine Stimme wieder.«

Sie machten das Boot seefertig und schleppten es zu dritt zu dem von Arda bezeichneten Strand. Sie luden so viel wie möglich ein und banden es gut fest. Wildo streckte einen Finger hoch. Sie verstanden, was er meinte: *In dieser Nacht.*

Ob ihm klar ist, dass ich nicht mitfahre?, überlegte Marwen. Vermutlich schon. Und er, will er keinen Abschied nehmen von ihr? Vielleicht hat er das getan, er kennt sie und das Haus besser und länger als ich. Ich habe sie nur dreimal gesehen und das war nachts.

Das Haus schien etwas zu merken. Es war kalt, aber es kamen keine Überschwemmungen. Marwen wäre gerne nach oben gelaufen, aber die beiden anderen gaben ihm keine Gelegenheit dazu.

»Nun ja, ich werde sie mein Leben lang sehen und mich an ihr freuen, so wie sie sich an mir freuen wird. Keine Kälte! Aber Iduna! Warum denke ich nur immer an sie? Sie erwartet unser Kind … Unsinn! Dieser Teil des Lebens ist vorbei.«

Sie hatten den Inhalt der zwei Seesäcke auf drei verteilt. Marwen ging mit, aber er würde zurückbleiben. Wildo wusste das nun auch. Das Boot lag da und wartete auf sie. Über ihren Sturmlaternen schien eine blaue Mondsichel.

»Wenn wir durch die Brandung kommen«, sagte Ormen, »und am Unerbittlichen Strom vorbei sind und wenn der Wind uns günstig gesonnen ist, dann schaffen wir es vielleicht.« Ein Schauer lief über seinen Rücken. »Los, an Bord! Und weg von dieser Insel!«

Marwen blickte zum Kalten Haus hinüber. Es war ganz dunkel. Schaute sie ihnen nach? Die anderen machten das Boot los, der Augenblick war gekommen …

Ormen begann zu sprechen, er sagte etwas von Abschied, aber Marwen hörte es nicht. Sein Geist war plötzlich aufgewühlt wie die stürmische See. Alle möglichen Bilder zogen an ihm vorbei … Iduna, Arda, Argarath, noch einmal Arda, die Seetiere … es dauerte nur einen Moment, dann blieb das Bild von Iduna übrig.

»Ich habe es mir überlegt, ich gehe doch mit! Iduna! Sie ist meine Frau und sie erwartet mein Kind.«

Ormen fluchte, als er an Bord sprang. »Na gut, dann sind wir zu dritt …« Einen Augenblick später befanden sie sich in der Brandung. Heftig rudernd gelang es ihnen, den Kurs zu halten – ein Stück die Insel entlang. An einer Klippe mussten sie den Kurs vorübergehend ändern und kamen noch einmal dicht ans Land.

»Wartet auf die folgende Welle«, rief eine ganz unbekannte Stimme. »Dann fahrt mit meinem Se-segen!« Eine seltsame Stimme, rau und ungeübt. *Wildo!*

Einen Moment lang schaukelte das Boot wild hin und her, dann war er an Land gesprungen. Sie sahen ihn dort stehen.

»Ihr fahrt und ich bleibe. Ich …« Er winkte mit beiden Armen. Dann trug sie eine hohe Welle davon, sie waren unterwegs, fuhren auf die weite See, ins Unbekannte, vielleicht zurück in den heimatlichen Osten.

Marwen weinte und er schämte sich nicht. Er dachte: Wildo hat gesprochen, er liebte sie, er liebt sie noch immer. Und ich liebe sie auch. Vergessen werde ich sie nie, aber ich habe sie verraten. Aber Wildo hat gesprochen … Vielleicht wird er den Zauber brechen … vielleicht bricht der Zauber bereits …

Das Einzige, was er sagte, war Minuten später: »Jetzt werden wir nie erfahren, ob Argarath dort noch liegt, auf seinem Bett aus Eis.«

»Idiot! Dann hättest du dich sofort daneben legen können!«, brüllte Ormen. »Hör auf mit dem Gejammer. Du und ich, wir gehören nicht in das Kalte Haus. Wünsche diesem seltsamen Wildo alles Gute und nimm dich zusammen, Kapitän. Wir müssen versuchen, nicht in irgendeine Zauberströmung zu geraten oder zwischen Eisbergen zu landen.«

Sie schafften es. Nach Tagen oder Wochen – sie führten kein Logbuch mehr, auch wenn sie einige von Argaraths Logbüchern an Bord hatten –, nach einer endlosen Zeit sahen sie eine bekannte Küste und eine hoch gelegene, stolze Burg mit vielen Fenstern. Marwen fragte sich, was Arda in diesem Augenblick wohl sah. Ob das Kalte Haus so warm geworden war wie früher? Dann dachte er an Iduna. Die Heimkehr! Er sehnte sich nach dem Moment, in dem er sie sehen würde, und zugleich hatte er auch Angst davor.

Die Heimkehr! Eine fröhliche Heimkehr war es nicht. Es war wie ein böser Traum, auch für viele Menschen am Kai. Die *Versprechen des Sonnenuntergangs* irgendwo als Wrack zurückgeblieben, die ganze Besatzung tot, außer Ritter Marwen und Bootsmann Ormen. Sogar der unerschrockene Argarath ruhte im kalten Meer … Mehr Tränen als Freude also, auch wenn sie das Schiff seit Beginn des Herbstes aufgegeben hatten. Vorwürfe, Tränen, böse Worte. Sogar das Lob klang bitter. Viele Worte und niemand, der genau verstand, wie kalt sie waren und was sie erlebt hatten. Schließlich waren sie beide sicher zu Hause. Ormen bei seiner Frau und seinen Kindern im Dorf. Marwen bei Iduna auf seiner Burg. Marwen hatte zuerst mit vielen Leuten sprechen müssen, hatte versucht zu erklären und Schmerzensgeld versprochen. Er hatte einen Boten zu Argaraths altem Vater geschickt, dem Herrn von Sterredave, mit der traurigen Nachricht und den Logbüchern.

Doch endlich war er dann allein mit seiner Frau. Er hatte sie geküsst und sie war dicht bei ihm geblieben. Er wollte etwas sagen, aber er konnte nichts anderes herausbringen als: »Ich friere, ich möchte ins Bett.«

Bevor sie antwortete, hörte er irgendwo ein kleines Kind weinen. Besorgt wandte sie sich ab.

»*Unser* Kind?«, fragte er, fast entsetzt.

»Ja, liebster Marwen. Ich muss es stillen.«

»Ein Junge? Ein Mädchen? Wie heißt es?«

»Ein schöner Junge. Und natürlich heißt er Marwen. Er …«

»Ich war nicht dabei«, murmelte Marwen und wurde ohnmächtig.

Tagelang war er krank, danach stellte er sich krank, unwillig, sein altes Leben wieder aufzunehmen. Sogar Ormen durfte ihn nicht besuchen. Nur Iduna duldete er um sich.

Weiß sie es?, überlegte er immer wieder. Ich habe alles Mögliche geträumt und vielleicht habe ich im Schlaf gesprochen …

Doch sie verhielt sich ganz normal und fragte nichts. Einmal versuchte er, ihr etwas zu erzählen, aber sie holte das Kind und ließ ihn zuschauen, wie sie ihm die Brust gab. »Schau mal, er bekommt rote Haare, wie dein Vater … Du bist der einzig Dunkle, Marwen.«

»Dunkel und blond wird rot«, sagte er.

In dieser Nacht schliefen sie miteinander. Er war warm und wieder ganz gesund. Er sprach wohl über seine Reise, doch von der anderen Frau erzählte er nichts. Er hielt es für besser, für immer darüber zu schweigen. Manchmal glaubte er, dass sie wohl etwas vermutete, doch sie blieb immer gleich, glücklich mit ihrem Sohn und voller Liebe für ihn. Und Ormen, das wusste er, würde ihn nicht so einfach verraten.

Er stand auf und begann wieder sein gewohntes Leben, nur dass er keine weiten Reisen mehr unternahm. Was Arda betraf, so vergaß er sie nicht. Er hoffte nur, dass Wildo den Zauber gebrochen hatte. Wissen würde er es nie. Er liebte Iduna noch immer und vielleicht noch mehr liebte er ihr Kind.

Der Drache und der Schlüssel

Ein Märchen

»Ich kenne ein Schloss
mit Mauern aus Stein,
mit Brücke und Tor
und einem Graben drum rum,
mit Türmen und Zinnen
und prachtvoll von innen:
voller Treppen, Portale
und marmornen Sälen,
mit Fenstern und Erkern
… und dunkelen Kerkern.
Und in diesem Schloss
mit Mauern aus Stein,
dort wohnt die Prinzessin
allein, … ganz allein.«

Die Prinzessin war jung, schön und liebenswürdig. Sie war die Erste des Landes, auch wenn es Minister und Ratsherren gab, die ihr beim Regieren zur Seite standen. Alle Regierenden lebten in der Hauptstadt, wo auch der Palast stand, aber die Prinzessin lebte draußen, in dem Schloss, das sie bei ihrer Geburt geerbt hatte. Und dort würde sie wohnen müssen, ob sie wollte oder nicht, so war es verordnet. Sie war oft einsam, auch wenn sie nicht wirklich allein war. Sie hatte Diener und Dienerinnen, die Minister besuchten sie regelmäßig und sie lud oft Gäste ein. An einigen Sonn- und Feiertagen gab sie große Feste. Tagsüber stand das Tor meist offen und die Zugbrücke war heruntergelassen. Besucher wurden freundlich empfangen. Und sie blieb auch nicht immer zu Hause.

Sie ritt gerne aus, sie fuhr zur Hauptstadt und zuweilen reiste sie im ganzen Land herum.

Ihre Untertanen liebten sie, aber die meisten fanden, sie sei doch zu allein, trotz allem; sie habe niemanden, der wirklich zu ihr gehörte. »Warum heiratet sie nicht?«, wurde dann regelmäßig gefragt. »Ein tüchtiger Prinz könnte ihr bei allem helfen und dann würde sie wirklich mit jemandem in diesem sonderbaren alten Schloss zusammenleben. Warum hat sie keinen Mann? Sie hat doch genug Auswahl, sie kann unter den tapfersten Rittern des Landes oder unter den Prinzen der benachbarten Reiche wählen. Sie ist schön und liebenswürdig, aber jung wird sie nicht immer bleiben.«

Es hatte Prinzen gegeben, auch andere junge Männer von guter Herkunft. Alle, so sagte man, hielten um ihre Hand an. Sie wurden im Schloss freundlich empfangen, doch sie waren sehr bald wieder verschwunden, abgereist und nicht zurückgekommen. Warum?

»Großartige Prinzen waren dabei«, sagte eine alte Frau, die mit ein paar anderen Dorfbewohnern vor dem Schloss stand. »Und sie ist nicht stolz. Sie hat ein liebevolles Herz, denke ich.«

»Wer weiß, vielleicht ist es aus Stein«, sagte ein Mann, der in dem undurchsichtigen Wasser des Schlossgrabens zu fischen versuchte. Ein gelbgrauer Dampf schwebte über dem Wasser.

»Ach nein«, sagte eine noch ältere Frau. »Es liegt am Schloss. Auf dem liegt ein Fluch, das wissen alle.«

Die Leute am Graben schwiegen. Dann flüsterte jemand: »Der Drache!«

Ein paar Vorübergehende blieben stehen. »Die Prinzen«, sagte die alte Frau, »sind alle vor dem Drachen geflohen.«

»Drache?«, fragte ein junger Mann. »Das ist doch Aberglaube.«

Die anderen starrten ihn an. Sie hatten ihn noch nie gesehen, er musste ein Fremder sein. Er trug bunte Kleidung, die alt, zerlumpt und staubig aussah. Seine Schulter war mit einer weißen Rose geschmückt und auf dem Rücken hing ihm eine Laute.

»Aberglaube – dass ich nicht lache, fremdes Großmaul«, sagte die alte Frau. »Wahrheit! In den Gewölben unter dem Schloss lebt ein Drache. Sicher schon tausend Jahre. Er spuckt Feuer. Schau doch mal, was für eine seltsame Farbe der Rauch hat, der aus den Schornsteinen kommt.«

Der junge Mann hob den Blick. Alle schauten hinauf. Der Rauch aus den Schornsteinen war grau, rot und orangefarben, rosa, gelb und an manchen Stellen purpurfarben. Die Fahne wehte über dem höchsten Turm: ein Zeichen, dass die Prinzessin zu Hause war.

»Und dann der Dampf in den Wassergräben«, sagte ein Schuljunge. »Fische wirst du nicht drin finden.«

»Nun, nun, wart's ab, vielleicht fange ich ja einen«, sagte der Mann mit der Angel.

»Pass auf, sonst holt dich der Drache!«

»Niemand hat das Tier je gesehen«, sagte der Fischer. »Natürlich nicht. Aber es gibt ihn! Er bewacht die Prinzessin.«

»Ist das wirklich wahr?«, fragte der Fremde. »Was soll denn eine schöne, liebe Prinzessin mit einem Drachen?«

»Es ist ein Zauber«, flüsterte eine der alten Frauen. »Nur ein tapferer Mann kann sie davon erlösen, das arme Mädchen.«

Der Fischer zog an seiner Angel und nahm murrend ein seltsam geformtes Stück Metall vom Haken.

Der junge Fremdling griff nach seiner Laute, zupfte an den Saiten und sang:

»Jede Rose hat Dornen,
jedes Blitzen ein Krachen,
jedes Haus seine Sorgen,
jedes Schloss seinen Drachen.«

Leise fügte er hinzu: »Und wovon singen Spielmänner? Von Luftschlössern.«

»Oh, Ihr seid ein Spielmann!«, sagte ein Hausierer. »Dann müsst Ihr heute Abend versuchen, ins Schloss zu kommen. Die Prinzessin gibt ein Fest. Ich soll hundert Zuckerplätzchen bringen.«

»Bah, die Feste sind nur für vornehme Herrschaften«, sagte der Fischer. »Und vornehm bist du ebenso wenig wie ich.«

Der Spielmann lächelte und sang:

»Jedes Gedicht hat einen Reim,
jedes Feuer einen Rauch.
Jede Prinzessin hat was geheim
und jeder Spielmann auch.«

»Luftschlösser«, sagte der Fischer mürrisch. Er packte seine Sachen zusammen.

»Mach dir nichts aus ihm, Fremdling«, flüsterten die alten Frauen. »Singe, spiele, baue Luftschlösser! Aber schau dir erst genau dieses Schloss an, ganz echt mit Mauern aus Stein.«

»Und einem Drachen«, murmelte der Spielmann.

»Ja, ein Drache.« Die Frauen nickten, grüßten ihn und machten sich auf den Weg zum nahen Dorf. Auch die anderen verschwanden, einer nach dem anderen. Nur der Spielmann blieb zurück.

Als es dunkel wurde, stand er noch immer am Graben. Nun schwebten weiße Nebel darüber. Der Rauch aus den Schornsteinen war goldgelb und purpurfarben, mit schwarzen Streifen. »Ein Drache?«, überlegte der Spielmann. »Oder kochen sie in der Küche vielleicht etwas ganz besonders Leckeres?«

Im Schloss gingen Lichter an. Reiter kamen auf ihren Pferden geritten, prachtvoll herausgeputzte Männer und Frauen. Die Torhüter riefen ihnen Begrüßungsworte zu. Die Reiter donnerten über die Brücke und ritten auf den Hof. Ein paar Minuten später kamen noch einige Gäste, auch sie verschwanden im Schloss. Es wurde noch dunkler. Aus den Fenstern strahlte festliches Licht.

»Bin ich eingeladen? Ja oder nein?«, fragte sich der Spielmann laut. »Egal, ich gehe hinein.« Er betrat die Zugbrücke und ging zum Tor. Zwei Torhüter hielten ihn zurück.

»Halt! Habt Ihr eine Einladung?«, sagte einer. »Sonst darf ich Euch nicht durchlassen.«

Der Spielmann strich über die Rose auf seiner Schulter. »Ich bin ein Spielmann«, antwortete er. »Und zu jedem Fest gehört Musik.«

»Aber Ihr seht, wenn ich das sagen darf, ziemlich heruntergekommen aus«, fing der Wächter an.

»Ach, hör auf«, sagte der andere. »Vielleicht ist er ein verkleideter Prinz. Lass ihn durch.«

Und sie ließen ihn hinein.

Der Abend war schon fortgeschritten, das Fest war in vollem Gang. Die Prinzessin war der strahlende Mittelpunkt und doch … Manchmal wirkte sie etwas abwesend.

Auf einen großen Tisch hatten die Schlossköche die herrlichsten Speisen und die besten Weine gestellt. Es wurde gegessen, getrunken, geplaudert, getanzt. Doch plötzlich wurde es still, als man den neuen Gast bemerkte, den niemand kannte. Seine Kleidung war zwar bunt, aber verschlissen und zerrissen. Und er hatte eine Laute dabei. Alle starrten ihn an, auch die Prinzessin. Er achtete auf niemanden, nur auf die Prinzessin. Er ging durch den Saal, bis er vor ihr stand, und machte noch nicht einmal eine Verbeugung. Nun betrachteten die Gäste die beiden. Einige sahen, dass sie beide eine weiße Rose auf der Schulter trugen, genau gleiche Rosen.

Der junge Mann zupfte auf der Laute, dann unterbrach seine Stimme die Stille.

»Ich bin ein Spielmann, wie Ihr seht,
will alles tun, was Ihr befehlt,
Jagt mich nicht fort, Prinzessin, tut's nicht.
Prinzessin, ich bitt Euch, verjagt mich nicht.

Ich bin ein Spielmann, hört mein Lied,
doch wer man ist, das weiß man nie!
Schickt mich nicht weg, Prinzessin, tut's nicht,
sondern lauschet, ich bitt Euch, meinem Gedicht.«

Einen Moment lang war es still. Dann begannen einige Gäste zu flüstern, andere klatschten zögernd in die Hände. Die

Prinzessin überstimmte sie alle. »Seid willkommen, Spielmann. Ich freue mich über Euren Besuch.«

Dann ging das Fest weiter. Der Spielmann spielte und sang noch mehr, aber er aß auch und tanzte sogar zweimal mit der Prinzessin. Spät am Abend standen sie zusammen an einem Fenster. Draußen schien der Mond, aber der wurde plötzlich für einen Moment verdunkelt. War eine Wolke an ihm vorbeigezogen? Oder eine Hexe auf ihrem Besenstiel?

Am nächsten Morgen waren alle Gäste verschwunden, außer einem: Der Spielmann hatte einen Schlafplatz bei den Bediensteten bekommen. Und später am Morgen trat er in den größten und ältesten Saal des Schlosses, frisch gewaschen, die Rose ebenso frisch auf der Schulter. Die Prinzessin stand mitten im Saal, als warte sie auf ihn. Auch sie trug ihre Rose, einen Zwilling seiner eigenen Blume.

»Liebe Prinzessin«, begann er. »Ich wünsche Euch einen guten Morgen.«

»Danke gleichfalls, lieber Prinz! Ja, ich nenne dich Prinz, weil du …«

»Weil ich dein Herz habe und du das meine. Weil ich endlich dein Schloss gefunden habe. Liebe Prinzessin, ich bitte dich um deine Hand.«

Der Spielmann hatte zweifellos ein Ja erwartet. Er erschrak, als sie zögernd einen Schritt zurücktrat. »Was ist denn? Du glaubst doch nicht, dass ich Angst habe, egal um welchen Zauber es geht?«

»Dieses Schloss ist wirklich verzaubert, lieber Prinz! Und wenn du hier den Rest deines Lebens mit mir verbringen willst …«

»Nichts lieber als das!«

»Still, hör zu. Dieses Schloss ist alt, bestimmt tausend Jahre, und ich bekam es bei meiner Geburt von einer Fee mit dem Auftrag, mein Leben lang hier zu wohnen. Nur dann könnte ich mein Glück finden.«

Der Spielmann machte eine Handbewegung, doch die Prinzessin kam auf ihn zu, legte einen Finger auf seine Lippen und fuhr fort: »Die Geschichten, die erzählt werden, sind wahr. Unten in den Gewölben wohnt ein Drache, so alt wie das Schloss selbst oder noch älter. Ein wirklicher Drache, der Feuer spucken kann. Darum ist es in diesen alten Steinsälen auch immer schön warm. Doch der Drache kann mehr, er ist groß, mit Schuppen und Klauen und Zähnen ...«

»Wie es sich gehört.«

»Und das ist der zweite Auftrag der Fee: Ich darf nur den Mann heiraten, der das Schloss durch den geheimen Eingang betritt, in die Gewölbe hinuntersteigt und den Drachen besiegt. Es gibt nämlich einen zweiten Eingang, Liebster, mit einer Tür, in die nur ein einziger Schlüssel passt. Wagst du es, hineinzugehen und so, durch Keller und Kerker, hinaufzusteigen? Unterwegs wirst du den Drachen töten müssen. Sonst kannst du mich nie erreichen. Ich warte in diesem Saal.« Sie schwiegen beide. Die Schatten zwischen den Harnischen, die an den Wänden standen, schienen sich zu bewegen. Und die Steinplatten des Fußbodens sahen aus, als würden sie zittern, als sei etwas unter ihnen. Doch das war nicht der Drache, der saß tief unten in den Gewölben ...

»Liebste«, sagte der Spielmann, »ich liebe dich und ich werde den Drachen töten, egal wie. Doch ich glaube, dass deine Fee eine Hexe ist, bei einem derart bösen Geschenk!

Dich hier mit einem Drachen sitzen lassen – das kann nur eine Hexe tun!«

»Pst, sag das nicht, ihre Diener sind immer in der Nähe. Sie könnte es erfahren!«

Der Boden bebte nun wirklich, darunter dröhnte es. Und aus den Schatten zwischen den Harnischen kamen vier kleine Gestalten zum Vorschein. Es waren Zwerge, die uralt aussahen, mit langen Bärten. Sie kamen auf die beiden zu und verbeugten sich.

»Wieder jemand, der es probieren will? Wir werden ihm den Weg zeigen, Prinzessin.«

»Oh, Liebster!«, rief die Prinzessin. »Es ist bisher keinem gelungen! Und wenn du …«

»Das lag nur daran, dass sie Angst hatten«, sprach der älteste Zwerg. »Jedenfalls hat es nicht mal einer geschafft, die geheime Tür zu öffnen. Doch vielleicht ist dieser hier aus besserem Holz geschnitzt.«

»Die Tür öffnen?«, fragte der Spielmann.

»Die Tür ist verschlossen, der Schlüssel weg. Verloren. Der einzige Schlüssel, der in das Schloss passt. Aus Stahl und reinem Gold geschmiedet.«

»Und der Schlüssel ist verloren?«

»Ja, leider, schon seit Jahren. Ein paar tapfere Ritter und Prinzen haben vergeblich nach ihm gesucht. Deshalb …« Der Zwerg deutete auf die Prinzessin.

»Deshalb ist sie noch immer nicht verheiratet«, rief der Spielmann böse. »Für mich ist das ein Glück, aber was eure Fee betrifft …«

»Es gehört zu einem Auftrag, junger Mann«, sagte der Zwerg ruhig. »Sucht den Schlüssel, öffnet die Tür, betretet das Schloss, besiegt den Drachen – und Ihr bekommt die Prinzessin. Für diesen Auftrag habt Ihr genau sieben Tage, sieben Stunden und sieben Minuten Zeit. So will es die Fee, das sagt der Zauberspruch. Nehmt Ihr den Auftrag an?«

»Ja, natürlich.«

»Dann werden wir Euch kleiden wie einen Prinzen, denn ein Prinz seid Ihr nun, auch wenn Ihr Euch als Spielmann bezeichnet. Wollt Ihr noch etwas sagen, Prinzessin?«

Die Prinzessin war blass. »Meine Liebe hat er schon«, sagte sie. »Ich möchte ihm nur noch etwas geben. Einen Augenblick.« Sie verschwand. Als sie zurückkam, war der Spielmann bereits durch die Zauberkraft der Zwerge in prinzliche Gewänder gekleidet und sah viel schöner aus. Doch hatte er noch immer seine Rose und seine Laute.

Die Prinzessin reichte ihm ein Schwert, prachtvoll und gefährlich, mit einem Griff aus Gold und einer Klinge aus scharfem Stahl.

»Ein Erbstück«, sagte sie. »Man sagt, es habe magische Kräfte. Für dich – um dir zu helfen, meinen Drachen zu besiegen.«

Er dankte ihr, gürtete sich das Schwert um und wollte sie küssen. Doch die Zwerge gingen dazwischen. »Keine Zeit«, riefen sie. »Es ist keine Zeit mehr zum Küssen. Sieben Tage, sieben Stunden und sieben Minuten gehen schnell vorbei. Kommt mit, Prinz, wir zeigen Euch die geheime Tür.«

»Wartet«, sagte die Prinzessin. »Ich möchte auch ein Pfand, Liebster. Deine Laute! Mit einer Laute kannst du keinen Drachen bekämpfen. Ich hebe sie für dich auf. Auf Wiedersehen, oh, auf Wiedersehen!«

Der Prinz gab ihr die Laute und folgte den Zwergen.

Die Zwerge brachten ihn bis zum Rand des Wassergrabens, doch statt über die Zugbrücke zu gehen, gingen sie einen schmalen Pfad hinunter zum Wassergraben. Der Prinz folgte ihnen. Zu seiner Verwunderung zog sich das Wasser zurück und verschwand schließlich ganz. Sie konnten einfach über den Grund des Grabens gehen. Der Prinz schaute hoch. Er sah erst die felsigen, glitschigen Grabenwände, dann die Mauern und Türme des Schlosses, die sich über diesen Wänden erhoben. Nach einigen Augenblicken sah er jedoch nichts mehr. Nebel und Dunstschwaden sammelten sich über seinem Kopf, wie eine Wolkendecke, durch die er nicht mehr hindurchblicken konnte. »Wieso …«, begann er.

»Ganz einfach. Niemand braucht zu wissen, dass dieser Graben oft leer steht und wir hier herumspazieren«, sagte der älteste Zwerg. »Jetzt glauben die Leute, dass unter all den Nebeln einfach Wasser ist. Geht bitte weiter.«

Da und dort sah der Prinz Öffnungen in der Grabenwand, einige waren mit Türen verschlossen, aus anderen starrten ihn viele Augen an.

»Wir sind viele, die hier unter dem Schloss leben«, erzählte der Zwerg. »Hier sind unsere Schmiedeöfen. Wir machen alles für unsere Herrin, die Fee, und für unsere zweite Herrin, die Prinzessin. Habt Ihr oben nie die Glut unserer Feuer gesehen?«

»Ja«, sagte der Prinz. »Und der Drache?«

»Der lebt ein Stück weiter, aber ich habe ihn noch nie gesehen. Nur gerochen und gehört. Nur unser Hauptmann hat ihn gesehen.«

»Das war vor ungefähr hundert Jahren«, sagte der älteste Zwerg. »Ich war damals noch ein junger Kerl. Der Drache war enorm, mit Schuppen, Klauen und Zähnen. Er wird inzwischen wohl noch kräftig gewachsen sein.« Der Zwerg grinste und blieb stehen. »Und hier«, sprach er, »ist der Zugang zu seinem unterirdischen Wohnplatz.«

Die Tür war alt, sah aber mit ihren schweren Eisenbeschlägen solide aus. Und sie hatte ein großes Schlüsselloch.

»Den Schlüssel müsst Ihr suchen«, sagte der kleinste Zwerg.

»Gut, aber wo?«, überlegte der Prinz laut. »Und warum ist er nicht hier? Wer hat ihn weggebracht?«

»Man sagt, eine Vorfahrin der Prinzessin habe es getan«, sagte der Zwergenhauptmann. »Ein Prinz, der ihr nicht gefiel, wollte den Drachen besiegen. Und sie war heimlich schon mit einem anderen verheiratet. Deshalb musste sie den Schlüssel verstecken.«

»Wo denn«, seufzte der Prinz, »ach, wo denn nur?«

»Glaubt nicht an all die alten Geschichten«, sagte der Hauptmann. »Ihr wisst nur, dass Ihr den Schlüssel suchen müsst. Es gibt nur einen einzigen und der ist aus Stahl und Gold. Sucht und findet ihn und dann besiegt den Drachen. Und beeilt Euch, Prinz. Über all dem Gerede oben im Saal und hier unten ist bestimmt schon eine Stunde vergangen. Ihr habt nicht viel Zeit.«

In den folgenden Tagen hatten die Menschen in der Umgebung des Schlosses viel zu besprechen. Alles war anders als sonst. Die Prinzessin ging nicht mehr aus und sie empfing auch keine Gäste, außer ihren Ministern wegen dringender Regierungsgeschäfte. Beim letzten Fest war ein fremder Spielmann aufgetaucht, doch der war am Tag danach spurlos verschwunden. Ein paar Tage später hatte man einen prächtig gekleideten, jungen Mann bemerkt, der bei allen Schmieden und Schlössermachern nach alten Schlüsseln fragte. Doch auch er war bald wieder verschwunden. Aus den Schornsteinen des Schlosses stieg mehr Rauch auf als sonst, und das Wasser des Grabens war durch die Dämpfe, die darüber schwebten, nicht mehr zu sehen. Ein Junge behauptete sogar, es sei überhaupt kein Wasser mehr im Graben und er habe dunkle Schatten auf dem Boden herumlaufen sehen. Doch das war natürlich phantastisches Geschwätz.

»Jetzt sind fast sechs Tage um«, sagte der jüngste Zwerg. »Und die ganze Zeit habt Ihr damit vergeudet, den Schlüssel dort zu suchen, wo er nicht ist.«

»Weißt du denn, wo er ist?«, fragte der Prinz.

»Nein, natürlich nicht. Aber ich brauche es auch nicht zu wissen.«

»Es ist ein böser, heimtückischer Zauber!«, sagte der Prinz und blickte düster auf die verschlossene Tür. Der älteste und der jüngste Zwerg saßen neben ihm, jeder auf einer Seite.

Der älteste starrte mürrisch vor sich auf seinen Bart, der wellig auf dem Boden lag. »Wenn Ihr nicht aufhört mit Euren Lästerreden, berichte ich der Fee davon«, sagte er. Der andere Zwerg begann neckend zu singen:

»Weiße Drachen, grüne Drachen,
was nicht ist, das kannst du machen!
Die Tür, die ist geschlossen,
der Schlüssel ist versteckt …«

Er schwieg. Ein anderes Geräusch brachte den Prinzen dazu, den Blick zu heben. Das Zupfen auf einer Laute. Er glaubte, hoch über sich ein Fenster zu sehen, darin den Schatten der Prinzessin.

Die Nebel zogen sich wieder zusammen, aber alle drei hörten sie die Stimme der Prinzessin:

»Weiße Drachen, grüne Drachen,
was nicht ist, das kannst du machen!
Die Tür, die ist geschlossen,
der Schlüssel ist versteckt,
es gibt auch keinen Zimmermann,
der einen neuen machen kann.«

Der Prinz schlug sich an die Stirn.

»Dass ich nicht eher daran gedacht habe! Schlüssel werden von Schmieden gemacht. Sie sind aus Metall, sie werden geschmiedet oder gegossen oder …« Er blickte die Zwerge an. Ihre Augen funkelten. »Stimmt das nicht? Und seid ihr etwa keine Schmiede? Könnt ihr Schlüssel machen?«

Sie nickten. »Ja, ja«, sagten sie gleichzeitig.

»Könntet ihr einen neuen Schlüssel für diese Tür machen?«

»Wahrscheinlich schon«, antwortete der älteste Zwerg bedächtig. »Es ist ein altes, verzaubertes Schloss, aber wenn wir es genau ausmessen und einen guten Abdruck davon machen …«

»Wollt ihr das bitte, bitte probieren …«

Der älteste Zwerg blickte den Prinzen nachdenklich an, dann schüttelte er den Kopf.

»Aber im Auftrag der Fee wird doch nirgends gesagt, dass man keinen Schlüssel *machen* darf, oder?«

»Das ist nicht das Problem«, sagte der Zwerg. »Aber es ist Euer Auftrag, also müsst Ihr den Schlüssel machen, wenn Ihr nicht länger suchen wollt. Könnt Ihr das? Versteht Ihr was davon?«

»Nein«, antwortete der Prinz niedergeschlagen. »Aber könnt ihr mir nicht beibringen, wie das geht? Man kann doch jeden Beruf lernen.«

Die beiden Zwerge standen auf. »Ja«, sagte der Hauptmann, »das stimmt. Aber Eure Zeit ist sehr kurz, junger Mann. Ihr habt nur einen Tag, um das Handwerk zu lernen und zugleich auch noch den Schlüssel zu machen.«

»Etwas mehr als einen Tag«, sagte der Prinz. »Dazu noch sieben Stunden und sieben Minuten.«

»Die sieben Minuten braucht Ihr, um aus den Gewölben nach oben zu kommen. Und Ihr werdet auch ein paar Stunden brauchen, um mit dem Drachen fertig zu werden.«

Der Prinz zitterte.

»Aber gut, wie können es probieren«, fuhr der Zwerg fort.

»Worauf warten wir noch?«, rief der jüngste Zwerg. »Los, zur Schmiede!«

»Ja, schnell, schnell!«, rief der Prinz. Sie rannten durch den Graben bis zur Tür, die zu den Arbeitsräumen der Zwerge führte.

Dort wurde alles Mögliche getan, die Zwerge arbeiteten schwer und sangen. Überall brannten Feuer und der Prinz musste sich erst an die Hitze, den Rauch und den Lärm der Hammerschläge gewöhnen. Die Zwerge zeigten und erklärten ihm zuerst alles, und dann, als ihm schon ganz schwindlig war, begann der Unterricht. Alle Zwerge mischten sich ein und er durfte sich nur selten ein bisschen ausruhen. Nach einer Stunde war er fast nicht wieder zu erkennen, weil er schwarz von Ruß war, in den der Schweiß helle Streifen gezeichnet hatte. Doch er tat sein Bestes und wurde nicht nur immer schmutziger, sondern auch immer geschickter. An den Händen bekam er Blasen. Die Stunden flogen dahin.

»Noch ein halber Tag!«, riefen die Zwerge.

»Und sieben Stunden und sieben Minuten«, murmelte der Prinz, der gerade für einen Moment auf dem Boden saß und sich ausruhte.

»Weiter!«, rief der Hauptmann. »Wir messen jetzt das Schloss aus.« Er wandte sich an den jüngsten Zwerg. »Hackt noch mehr Holz und macht alle Feuer an, damit wir gleich Stahl und Gold schmelzen können.«

Der Prinz sprang auf, seine Müdigkeit schien vergessen. Nun begann die wirkliche Arbeit! Er war den Zwergen sehr dankbar, denn ohne ihre fachmännische Hilfe würde er seinen Auftrag nie erfüllen können.

Eine Stunde später, als sie alle wieder in der Schmiede waren, erhob sich ein neues Problem. »Stahl können wir genug machen, aber wir haben kein Gold mehr«, sagte einer der Zwerge. »Wir haben zwar noch ein paar Töpfe und Löffel, die wir schmelzen können, aber das Gold hat keine besondere Qualität.«

»Das habe ich kommen sehen«, sagte der Hauptmann ruhig. »Außerdem dürfen wir bestimmt nicht einfachen Stahl und einfaches Gold benutzen. Es ist ein Zauberschloss, wir brauchen Metalle mit magischer Kraft.« Er blickte den Prinzen an. »Zum Glück habt Ihr diese zur Verfügung. Euer Schwert! Ein besonderes Erbstück … Nun, warum sagt Ihr nichts? Wollt Ihr es nicht opfern?«

»Ja, schon«, stammelte der Prinz. »Aber es ist ein Geschenk der Prinzessin. Sie würde …«

»Was glaubt Ihr, weshalb sie Euch das Schwert gegeben hat? Sie ist viel klüger als Ihr, Prinz.«

Der Prinz gab ihm das Schwert. Der Griff war aus Gold, die Klinge aus Stahl.

»Prachtvoll!«, riefen die Zwerge. »Ihr müsst es selbst schmelzen, Prinz. Und dann den Schlüssel machen. Wir lassen das Feuer hoch brennen. Wir schauen zu, ob Ihr alles richtig macht.«

Und sie begannen zu singen:

»Der Drache in seinem Saal
mag toben und rasen,
wir hämmern und blasen
und schmieden den Stahl.
Wir machen den Schlüssel,
verloren durch Dummheit,
ganz einfach noch mal!

Der Drache in seiner Gruft
mag rasen und toben,
hier sprühen die Funken,
hier wird es vollbracht.
Wir machen den Schlüssel,
verschwunden, verloren,
so lang schon gesucht.

Den Schlüssel, der passt
zum Schloss des Tores,
den Schlüssel, der passt
zum Herzen der Prinzessin,
den Schlüssel aus Stahl,
den Schlüssel aus Gold,
den macht nun der Prinz,
den sie liebt.«

Der Tag war schon zu Ende, als der Prinz triumphierend sein Werk hoch hielt in seiner schwarzen, blasigen Hand. Glänzender Stahl und glitzerndes Gold.

»Schau, ob er passt!«, riefen die Zwerge und zogen ihn mit zu der geheimen Tür. Der Schlüssel passte, wollte sich aber nicht umdrehen lassen. Ein paar schreckliche Stunden folgten, in denen der Prinz so sorgfältig wie möglich an dem stählernen Bart des Schlüssels feilte und ihn immer wieder ins Schloss steckte. Inzwischen hatte ein Zwerg das Schloss gereinigt und geölt.

Endlich, endlich kam der große Moment. Knirschend bewegte sich der Schlüssel im Schloss und der Prinz öffnete die Tür.

Dahinter war nichts als Dunkelheit, und erst als sich seine Augen daran gewöhnt hatten, konnte er ein vages, grünes Licht erkennen. Einer der Zwerge reichte dem Prinzen eine Fackel. Der junge Mann stieß die Tür weiter auf – nun sah er die untersten Stufen einer Treppe. Kein Drache, kein Schnauben eines Drachens …

Plötzlich trat er einen Schritt zurück, schlug die Tür zu,

drehte den Schlüssel wieder um und lehnte sich mit dem Rücken an die Wand. Unter dem Ruß war sein Gesicht blass geworden.

»Wir haben eine Kleinigkeit übersehen«, sagte er zu den Zwergen. »Ich habe kein Schwert.«

Die Zwerge starrten vor sich hin, murmelten und seufzten. Eine Antwort hatten sie nicht.

»Keine einzige Waffe«, sagte der Prinz. »Ich fürchte, dass ich dem Drachen nicht einfach den Schlüssel über den Kopf schlagen kann.«

»Vielleicht könnt Ihr Euch irgendwo ein Schwert leihen«, sagte ein Zwerg.

»Bei der Prinzessin«, sagte ein anderer.

»Nein«, sagte der Prinz. »Ich habe ihr Schwert schon bekommen, das geht nicht.«

»Das geht sowieso nicht«, sagte der Hauptmann. »So lange der Auftrag dauert, dürfen wir nicht hinauf. Und ins Dorf zu gehen dauert zu lange. Außerdem wird ihm dort keiner helfen, so wie er aussieht …«

»Nur noch ungefähr eine Stunde«, stöhnte der Zwerg, der neben ihm stand.

Der Prinz hob den Kopf. »Jetzt bin ich so weit gekommen, ich gehe nicht zurück, ich will nicht.« Er drehte den Schlüssel im Schloss und behielt ihn fest in der Faust. »Dann eben mit meinen bloßen Händen …« Er zögerte einen Moment. »Ich weiß, dass ihr keine Waffen macht, aber habt ihr nicht wenigstens eine dicke Eisenstange?«

»Ich habe etwas Besseres«, rief der jüngste Zwerg und sprang vor. »Hier, mein Beil! Das Beil, mit dem ich Holz hacke. Scharf, ich hab's frisch geschliffen.«

Der Prinz gab einem der Zwerge die Fackel zum Halten und griff nach dem Beil.

»Danke«, sagte er. »Eine gute Waffe. Wünscht mir Glück.«

»Wir wünschen Euch alles Glück der Welt!«, antworteten die Zwerge. »Und jetzt geht schnell, die Zeit steht nicht still.«

Wieder öffnete der Prinz die Tür und trat nun in die Finsternis hinein. Hinter ihm fiel die Tür zu.

Sobald das geschehen war, eilten die Zwerge zu ihren Wohnungen und in die Schmiede und schlossen alle Türen ab. Dann füllte sich der Graben wieder langsam mit Wasser.

Der Prinz stand im Dunkeln, in der einen Hand den Schlüssel, in der anderen das Beil. Lieber Himmel, er hatte die Fackel vergessen! Er steckte den Schlüssel in den Gürtel und spitzte die Ohren. Stille. Langsam konnte er das vage, sich bewegende, grüne Licht erkennen ... Irgendwo über ihm ein Streifen rotes Licht. Gewölbe, eine Wendeltreppe ... Aber kein Drache, so weit er sehen konnte. Doch dem würde er bestimmt begegnen, wenn er die Treppe hinaufstieg. Denn das musste er: nach oben! Schade, dass er keine Fackel hatte. Die Tür besaß kein Schlüsselloch an der Innenseite, sie ließ sich nicht öffnen.

»Nun ja, wenn der Drache kommt, werde ich ihn bestimmt sehen«, sagte er zu sich. »Er spuckt doch Feuer, oder? Außerdem werde ich ihn mit seinem Schnauben wohl auch hören. Hier ist er jedenfalls nicht.«

Langsam begann er die Wendeltreppe hochzusteigen, die sich im Kreis nach oben wand. Die verschwommenen Lichter wurden deutlicher, er sah die Augen vieler kleiner Tiere – Fledermäuse, normale Mäuse, aber keinen Drachen – und rotes Licht, das durch Spalten in den Wänden drang. Doch diese Spalten waren so schmal, dass er gerade seine Hand durchstecken konnte. Ein Drache passte da bestimmt nicht durch, höchstens die Spitze seines Schwanzes.

Der Prinz erreichte eine Art Vorplatz – leere Zimmer, keine Spur von Schuppen, keine abgenagten Knochen und auch keine Drachenkötel. Auch keine anderen Türen oder Treppen. Nur ein vergittertes Fenster, durch das kein Sterblicher klettern könnte. Aus dem kamen gelb-rosafarbene Rauchschwaden. Und nun hörte er auch etwas, ein dumpfes Klopfen und Pochen. Wo kam das her? Von unten oder von oben?

Er stieg weiter die Treppe hinauf, das Beil fest in der Hand. Die Wendeltreppe schien nicht aufzuhören. Sie war alt und abgetreten. Manchmal wurde es wieder dunkler, dann stieß er sich die Zehen an. Aber mutig setzte er einen Fuß vor den anderen, obwohl er jeden Moment den Drachen erwartete, in feurigem Licht, groß und unheimlich.

Manchmal kam er an Gewölben und Gängen vorbei, aber außer Fledermäusen und anderen kleinen Tieren waren sie leer, ohne Fenster und Türen. Nur durch die Spalten in den Felswänden fiel Licht oder es drang Rauch hindurch. Einmal wagte er es, laut zu rufen: »Wo bist du, Drache? Hier komme ich, um mich mit dir zu messen.«

Keine Antwort, nur verschwommene, unerklärliche Geräusche, deren Echo er hörte, und manchmal ein leichtes Zittern der Stufen.

Die Treppe wand sich höher und höher, ein Stockwerk nach dem anderen. Einmal wurde der Prinz müde und setzte sich auf eine Stufe. Wenn der Drache doch endlich kommen würde …

Sogar wenn ich ihn besiege, falle ich danach eher in Schlaf, als dass ich weitersteige, dachte er.

Er ging weiter. Und dann hatte er das Gefühl, dass es immer heller wurde. Ja, plötzlich waren die Wände gefliest und mit brennenden Laternen versehen. Und genauso unerwartet hörte die Treppe auf. Vor ihm erhob sich eine Mauer mit einer Tür.

Die Tür war so niedrig, dass nur ein Kind oder ein Zwerg einfach hätte durchgehen können. Der Prinz drückte auf die Klinke, die Tür war nicht abgeschlossen. Er bückte sich und kroch auf Händen und Füßen hindurch. Helles Licht blendete ihn fast, doch dann starrte er erschrocken auf zwei große, drohende Gestalten, die sich rechts und links von ihm erhoben. Er sprang auf und hob das Beil.

Aber es waren nur Rüstungen. Das Licht wurde noch heller, er blinzelte. Er musste sich im Schloss befinden, und zwar ziemlich weit oben! Tageslicht fiel durch große Fenster … Er war in einem Saal gelandet. Die Fliesen … kannte er die nicht?

Als er schwankend dastand, kam eine anmutige Gestalt auf ihn zu und die liebste aller Stimmen sagte: »Mein Prinz, du bist gekommen, es ist dir geglückt.«

Er ließ das Beil fallen und schloss die Prinzessin in die Arme. Er küsste sie und sie gab ihm seine Küsse zurück. Beide merkten nicht, wie schmutzig und schwarz nun auch die Prinzessin geworden war.

»Ich wusste, dass es dir gelingen würde«, flüsterte sie nach einer Weile.

Er ließ sie los. Nun konnte er wieder gut sehen und seine Beine zitterten nicht mehr. Sie war schöner und liebenswerter denn je, trotz der Rußflecken auf ihren Kleidern und ihrem Gesicht. Doch dann verdüsterte sich sein Antlitz.

»Ja, ich bin durch die geheime Tür gekommen«, sagte er betrübt. »Aber ich habe keinen Drachen besiegt. Keinen Drachen, Prinzessin, hier unten ist gar kein Drache.«

»Kein Drache«, wiederholte sie. Sie schien nicht erschrocken zu sein.

»Kein Drache«, sagten viele andere Stimmen ... Das waren die Zwerge, die durch alle möglichen zwischen den Rüstungen verborgenen Türen und Türchen kamen.

»Kein Drache«, sagten sie. »Was hier Feuer und Rauch spuckt, sind unsere Schmieden.«

»Vielleicht gab es vor langer Zeit einen Drachen«, sagte der Hauptmann. »Aber welcher Drache bleibt unter einem Schloss? Ein richtiger Drache wäre längst geflohen oder hätte die Bewohner des Schlosses aufgefressen.«

»Aber warum?«, fragte der Prinz fast böse. »Warum die ganze Mühe?«

»So wollte es die Fee«, antwortete der älteste Zwerg. Der jüngste hob sein Beil vom Boden auf und sagte: »Trotzdem habt Ihr ein paar Drachen besiegt. Der erste ist ziemlich klein, wie heißt er doch gleich? Es ist der Drache vom Märchen, vom Hörensagen, von Aberglauben, Leichtgläubigkeit und so weiter.«

»Und so weiter«, wiederholte der Hauptmann. »Der zweite Drache ist gefährlicher: der Drache des Grauens, der Angst und der Furcht. Habt Ihr sie nicht beide besiegt?«

»Märchendrachen«, flüsterte der Prinz, nicht sehr beeindruckt, und schaute der Prinzessin in die Augen.

»Ich habe dich lieb«, flüsterte sie.

Wieder legte der Prinz die Arme um sie.

»Kommt, wir müssen gehen«, sagte der älteste Zwerg zu den anderen. »Prinzessin, Prinz, wir sehen uns auf dem Fest. Die Fee wird auch kommen, beim ersten oder zweiten.«

»Beim zweiten?«, fragte der Prinz.

»Bei der Hochzeit«, kam die Antwort. »Oder später, bei der Taufe. Und jetzt kommt, Freunde, wir haben noch viel zu tun.«

»Was denn?«, fragte der jüngste Zwerg, der aufmerksam zuschaute, wie der Prinz und die Prinzessin sich küssten.

»Hochzeitsgeschenke machen«, sagte der älteste Zwerg. »Und noch etwas ganz Wichtiges.«

Plötzlich lachten die Zwerge. Und als sie ihre geheimen Treppen hinunterliefen zu ihren Wohnungen, sangen einige dieses Lied:

»Das ist der Beschluss:
Ein Spielmann darf singen –
aber wir schmieden Ringe
für Bräutigam und Braut
und die Geschichte ist aus.«

»Es war nur ein Traum«

Die Geschichte vom Prinzen Tarne

1 Der dunkle Wald am Meer

Ein Junge saß an einem Teich, dicht bei einigen alten Tannenbäumen. Manchmal betrachtete er sein Spiegelbild im Wasser, dann wieder starrte er vor sich hin und seufzte tief.

»Warum seufzt du so?«, fragte plötzlich eine Stimme hinter ihm.

Erschrocken blickte er sich um. Dort saß ein alter Mann auf einem großen Stein.

»Wo kommt Ihr so plötzlich her?«, fragte der Junge.

»Ich bin schon lange hier, wo ich nun sitze, auf dem grünen Stein neben dem alten Teich«, sagte der alte Mann. »Ich warte auf …« Er unterbrach sich und fuhr dann fort: »Ich habe dich kommen sehen. Du warst am Strand, nicht wahr?«

»Ja«, sagte der Junge kurz. Von seinem Schreck hatte er sich erholt, aber er hatte keine Lust, sich zu unterhalten.

»Warum hast du so geseufzt?«, fragte der alte Mann.

»Habe ich geseufzt?«, fragte der Junge. »Ach, nur so.«

»Du betrachtest dich im Teich, als sähest du einen anderen. Als ob du etwas fragen wolltest. Du hast ausgesehen, als wärest du gerade aus einem Traum aufgewacht.«

»Wie kommt Ihr darauf?«, fragte der Junge. »Es ist wahr, ich habe einen seltsamen Traum gehabt. Den ganzen Tag muss ich schon daran denken. Aber ich weiß nicht, was ich davon halten soll. Ich … bestimmt findet Ihr das seltsam.«

»Überhaupt nicht«, sagte der alte Mann und schwieg. Dann fragte er: »Bist du in dem Schloss gewesen, am Meer, am Ende dieses Waldes?«

»Wald? Welcher Wald? Ich sehe nur drei Bäume, nein, fünf, acht … aber mehr nicht.«

»Das ist wahr«, sagte der alte Mann. Nun war er es, der seufzte. »Acht oder neun alte Bäume, mehr ist nicht übrig. Aber früher war hier ein großer Wald, der dunkle Wald am Meer. Und das Schloss …«

»Meint Ihr die Ruine?«, fragte der Junge.

»Ich meine das Schloss des Königs. Es lag zwischen dem Meer und dem dunklen Wald. Und mitten im Wald war dieser Teich.«

»Das ist sicher sehr lange her«, sagte der Junge. »Das Schloss ist jetzt eine Ruine. Ich bin dort gewesen. Seltsam, dass Ihr ausgerechnet darüber sprecht.«

»Wieso?«

»Ach nein, nichts.«

»Es war nur ein Traum«, sagte der alte Mann.

»Ihr wisst nicht mal, was ich geträumt habe«, sagte der Junge.

»Nein, ich weiß es nicht«, sagte der alte Mann ernst. »Ich wage nicht zu fragen, ob du mir deinen Traum erzählen willst. Aber ich kann dir eine Geschichte erzählen«

»Eine Geschichte?«

»Ja. Es ist schwer zu sagen, was besser ist: deinen Traum aussprechen oder lieber über ihn schweigen. Vielleicht spielt es auch keine Rolle.«

»Ich verstehe Euch nicht ganz«, sagte der Junge.

»Du musst so alt werden wie ich, bevor du weißt, dass du manche Dinge nie ganz begreifen wirst«, sagte der alte Mann.

»Zum Beispiel meine Geschichte … Hör zu, ich werde sie dir erzählen.«

Als König Finbold an die Regierung kam, gab es im Land so viele seltsame Bräuche wie Bäume im dunklen Wald am Meer. Doch König Finbold machte dem ganzen Unsinn ein Ende. Er glaubte nicht an Zauberer und Hexensprüche und Hilfe von Feen hatte er nicht nötig. Er hatte keine Angst vor schwarzen Katzen, die seinen Weg kreuzten, und er lachte nur, wenn Hunde den Vollmond anbellten. Kurz und gut, er verbannte allen Aberglauben aus seinem Reich. Sein Ratsherr, Meister Santorna, half ihm dabei – eigentlich war es sogar seine Idee. Aber es gelang ihm nicht ganz …

König Finbold lebte in einer Burg am Meer. Dahinter war der dunkle Wald. Eines Tages ging der König in den Wald jagen und er traf eine Jungfrau in Not. Sie war auf einen Baum geklettert, unter dem sich ein Rudel hungriger Wölfe drängte. Natürlich ging der König sofort auf sie los. Als er die Wölfe getötet hatte, verwandelten sie sich alle in grauen Rauch, der in Schwaden wegwehte. Er hätte begreifen müssen, dass hinter der Sache ein Zauber steckte und er die Jungfrau auch hätte töten müssen. Aber nein! Sie war so schön, dass er sie vor sich auf das Pferd setzte und mitnahm in seine Burg.

Meister Santorna aber sagte, sie sei bestimmt eine Hexe – die letzte, die im Land zurückgeblieben war. »*Verbrennt sie!*«, riet er.

»Nie und nimmer!«, sprach der König. »Lieber heirate ich sie.«

Der Ratsherr erschrak und redete auf den König ein, redete und redete, um ihn von dem Gedanken abzubringen. Schließlich gelang es ihm, den König davon zu überzeugen, dass die Jungfrau wirklich gefährlich sei. Aber verbrennen wollte der König sie nicht. Während sie darüber stritten, was mit ihr passieren solle, verließ die Jungfrau ruhig die Burg. Als sie es merkten, war sie schon verschwunden.

Die Männer des Königs folgten den Spuren der Jungfrau bis über den Strand, wo sie plötzlich aufhörten. Die Jungfrau blieb verschwunden und kam nicht mehr zurück.

Meister Santorna war erleichtert, aber der König war böse und traurig zugleich. Er wurde schwermütig und schweigsam und zog auch nicht mehr in den dunklen Wald, um dort zu jagen. Er ließ sogar einen Zaun errichten und erklärte den Wald zu verbotenem Gebiet.

Doch seine Gedanken wurden zum Glück abgelenkt, als Seeräuber mit vielen Schiffen kamen und an der Küste landeten. Der König rief seine Krieger zusammen und besiegte die Räuber nach einem schweren Kampf. Nur einigen wenigen Schiffen gelang es zu entkommen. Danach war Finbold mächtiger denn je.

Doch offenbar konnte er die Jungfrau nicht vergessen, denn er wollte nicht heiraten, wie sehr Meister Santorna auch darauf drang. Der Ratsherr pries alle möglichen Prinzessinnen an, er sagte, dass der König doch an seine Nachfolge denken müsse, doch nichts half. Erst nach sieben Jahren änderte Finbold seine Meinung und das kam nicht von ungefähr.

Ein Wachposten meldete ein fremdes Schiff, das aus Westen angesegelt kam. Erst dachten alle, dass es wieder Seeräuber wären, doch erwiesen die Reisenden sich als friedliche Menschen aus einem fernen Land vom anderen Ende des Meeres. Der Kapitän des Schiffes war nicht weniger als ein Prinz – jedenfalls sagte er das und so sah er auch aus. Er hatte viele Kostbarkeiten bei sich, die er Finbold zum Geschenk anbot, und der König lud ihn und seine Reisegefährten auf seine Burg ein. Unter ihnen befand sich auch ein Spielmann, der viele Lieder sang. Das schönste erzählte von einer Prinzessin, so bezaubernd und gut, dass es nicht ihresgleichen gab, die Tochter eines mächtigen Königs von einem Reich weit über dem Meer. Finbold war so beeindruckt davon, dass er fragte, wie die Prinzessin hieße und wer ihr Vater sei. Der Kapitän antwortete: »Sie heißt Maja und sie ist meine eigene Schwester. Aber Ihr dürft nicht nach dem Namen unseres Vaters fragen, nicht einmal nach dem Grund, warum Ihr nicht nach dem Namen fragen dürft.« Er holte ein Medaillon aus seiner Kleidung und sagte: »Hier ist ihr Bildnis.« Er zeigte es dem König, doch niemandem sonst, nicht einmal Meister Santorna.

König Finbold fragte, ob er das Medaillon behalten dürfe, doch der Kapitän lehnte ab und nahm es zurück. Da sagte der König: »Prinz, wenn Ihr zurückkehrt in Euer Reich, dann bittet Eure Schwester in meinem Namen um ihre Hand. Seid mein Fürsprecher. Ich bin auch ein mächtiger Fürst, ich werde ihr meine Reichtümer zu Füßen legen und sie aus ganzem Herzen lieben.«

Der Kapitän lächelte und versprach, dem Wunsch des Königs nachzukommen.

Später am Abend, als die Gäste gegangen waren, versuchte Meister Santorna, dem König klarzumachen, dass er unbesonnen gesprochen hatte. Wer bat eine Prinzessin um ihre

Hand, die aus einem fernen Land kam und die Tochter eines unbekannten Fürsten war, dessen Namen man nicht kannte?

Doch Finbold lachte nur und sagte: »Ihr habt mir immer gesagt, ich müsste heiraten, und wenn es nur deshalb wäre, um Söhne zu bekommen. Und jetzt, wo ich mir endlich eine Frau nehmen will, ist es Euch wieder nicht recht! Ich heirate entweder sie oder keine, Meister Santorna.« Und dabei blieb er.

Am folgenden Tag trat das fremde Schiff die Rückreise an. Genau ein Jahr später kam aus derselben Richtung ein ähnliches Schiff aus dem fernen, unbekannten Reich, diesmal mit der Prinzessin an Bord. Sie hatte den Antrag König Finbolds angenommen.

Der König verliebte sich über alle Maßen. Doch Meister Santorna erfuhr den Schreck seines Lebens. Prinzessin Maja war das Ebenbild der Hexe aus dem dunklen Wald am Meer, die vor Jahren verschwunden war. Der König musste die Ähnlichkeit auch bemerkt haben – und vielleicht war es ja gar keine Ähnlichkeit, vielleicht waren sie ein und dieselbe Person! Doch das wagte der Ratsherr nicht zu sagen; er konnte es auch nicht beweisen und damit die Eheschließung verhindern.

Prinzessin Maja wurde Finbolds Frau und Königin des Landes. Oh, sie war schön und liebenswürdig, eine vorbildliche Fürstin, und nie wurde sie bei irgendeinem Zauberkunststück ertappt. Doch Meister Santorna traute ihr nicht. Der König liebte seine Frau und vermutlich sie ihn auch. Sie schenkte ihm drei Söhne. Die beiden älteren glichen dem Vater, er nannte sie Gram und Helm. Doch als der dritte geboren wurde, sagte die Königin: »Ihm werde *ich* einen Namen geben, denn er wird mich das Leben kosten.« Sie nannte das Kind Tarne. Sie nahm es in die Arme und sang ihm leise ein Lied. Einen Tag später starb sie.

»Nach dem Tod seiner Frau«, sagte der alte Mann, »wurde König Finbold barsch und grimmig. Doch seine Söhne gediehen gut. Nur Prinz Tarne betrachtete die Welt mit verträumten Augen, als lausche er auf das Lied, das seine Mutter ihm gesungen hatte ...«

»War sie die Hexe?«, fragte der Junge.

»Ich habe dir doch erzählt, dass Meister Santorna nie sicher war«, sagte der alte Mann. »König Finbold wusste es vielleicht ... Als die Königin noch lebte, ließ er den dunklen Wald am Meer wieder zugänglich machen. Er jagte auch ein paar Mal, aber häufiger ging er in ihm spazieren ... mit ihr zusammen. Nach ihrem Tod ließ er den Zaun erneuern, und jahrelang betrat kein Mensch den dunklen Wald, so dass er noch wilder und dunkler wurde ... Aber hör zu, ich möchte dir die Geschichte von Prinz Tarne erzählen.«

Prinz Gram und Prinz Helm gingen oft zusammen weg, obwohl sie sich unterwegs immer stritten. Sie wetteiferten ständig miteinander und versuchten, sich gegenseitig zu übertrumpfen.

Eines Tages kamen sie viel zu spät nach Hause, mit zerrissenen Kleidern und grimmigen Gesichtern. Im großen Saal räumten die Diener den Tisch ab. Der König saß in seinem Sessel am Fenster und Meister Santorna stand neben ihm. Prinz Tarne saß auf dem Boden neben dem Kaminfeuer.

Gram und Helm betrachteten hungrig den Tisch, doch der König rief sie zu sich und fragte: »Wo kommt ihr her?«

Die Prinzen warfen sich einen Blick zu und antworteten unbehaglich: »Wir waren auf der Jagd, Vater.«

»Ihr seid im dunklen Wald am Meer gewesen«, sagte der König. »Meister Santorna hat mir erzählt, dass ihr den Zaun eingerissen habt. Es ist eine Schande! Zwei Prinzen, die ein gutes Beispiel geben sollten! Wie konntet ihr das wagen?«

»Vater«, rief Gram, »das ist es ja gerade! Helm hat gesagt, dass ich mich bestimmt nicht traue ...«

»Jetzt musst du mir die Schuld geben!«, sagte Helm wütend. »Und was hast du zu mir gesagt? Und wer hat den Zaun kaputtgemacht, angeblich zufällig?«

»Du hast mich dazu herausgefordert!«, rief Gram.

»Schweigt!«, donnerte der König. »Tragt selbst die Verantwortung für eure Taten und versucht nicht, sie auf den anderen abzuwälzen. Ihr seid beide schuld.«

»Vater«, sagte Helm, »es tut mir Leid. Aber sagt uns doch, warum dürfen wir eigentlich nicht in den Wald? Dort ist nichts Besonderes zu sehen.«

»Er ist voller stachliger Zweige und überall liegt totes Holz herum«, brummte Gram. »Man kann sich nur verirren.«

»O nein«, sagte Prinz Tarne, der bis jetzt schweigend in die Flammen gestarrt hatte. »Es gibt Wege und Pfade ... gerade und krumme. Und immer rauscht es über dem Kopf.«

Aller Augen waren nun auf ihn gerichtet.

»Wer hätte das gedacht!«, sagte Gram.

»Dieser kleine Lumpenkerl«, sagte Helm. »Sitzt ganz brav da! Und dabei ist er auch schon dort gewesen.«

»Ist das wahr?«, polterte der König.

Prinz Tarne kroch in sich zusammen. »Ich … ich habe davon geträumt«, stotterte er.
»Lügner!«, rief Gram.
»Und ein Feigling ist er auch«, sagte Helm. »Er ist heimlich über den Zaun gestiegen. Wir sind wenigstens in aller Offenheit hineingegangen.«
»Haltet ihr den Mund«, befahl der König. Er erhob sich und ging zu Tarne. Der richtete sich auf und sagte ängstlich: »Vater …«
»Deine Brüder haben Recht«, sagte der König. »Du bist ein verlogener Feigling, du mit deinem *›Ich habe davon geträumt‹!* Wann warst du dort?«
»Gestern«, antwortete der Prinz. »Und vorgestern. Und letzte Woche … Aber ich habe davon geträumt, bevor ich hinging. Deshalb habe ich es ja ge…«
Er verstummte, weil er eine Ohrfeige bekam.
»Du lügst!«, brüllte der König.
»Es ist wahr«, rief der Prinz weinend.
Der König hob die Hand zu einem zweiten Schlag, aber Meister Santorna lief zu ihm und hielt ihn zurück. »Sire«, sagte er besänftigend, »seid nicht so böse.« Er sah es nicht gerne, dass Prinz Tarne geschlagen wurde, auch wenn er fand, dass der Junge eine strenge Bestrafung verdiente.
»Böse?«, sagte der König. »Ich rase vor Wut! Wie komme ich zu solch einem Sohn?«
»Ach«, sprach Meister Santorna, »sie können Euch nicht alle drei gleichen.«
Plötzlich verschwand die Wut des Königs. »Ja«, sagte er leise, halb zu sich selbst. »Tarne gleicht meiner Königin.«
»Meine Mutter …«, flüsterte der Prinz. »Ist es wahr, Vater,

dass Ihr sie im dunklen Wald am Meer zum ersten Mal gesehen habt, während sie in einem Baum gefangen saß – die langen Haare in den Zweigen verwirrt? Und dass Ihr sei befreit habt von …« Er stockte.

Der König stand wie erstarrt. Er wurde erst blass, dann langsam rot. Meister Santorna schlug entsetzt die Hand vor den Mund. Gram und Helm starrten verblüfft von einem zum anderen.

»Wie … wie kommst du darauf?«, stammelte der König.

»Ich habe es …«

»Nein!«, unterbrach der König seinen Sohn. »Sag jetzt nicht, du hättest es geträumt, oder ich breche dir alle Knochen im Leib!«

»Schämt Euch, Prinz Tarne!«, sagte Meister Santorna. »Ihr wisst genau, dass Eure Mutter eine Prinzessin aus einem ehrwürdigen Fürstenhaus war. Solche schändlichen Phantasien solltet Ihr lieber für Euch behalten.«

»Ich dachte …«, stotterte der Prinz. »Natürlich weiß ich, dass Mutter eine Königstochter war. Aber ich dachte, dass sie dieselbe war wie die Jungfrau im Baum. Ich habe geträumt … Verzeiht mir, Vater, ich kann es nicht ändern!«

»Vielleicht kannst du nichts dafür, dass du mondsüchtig und verhext bist«, begann der König.

»Sire, gebraucht solche Worte nicht!«, rief Meister Santorna. »Prinz Tarne ist viel zu viel zu Hause. Er sollte mehr hinausgehen an die frische Luft, Sport treiben wie seine Brüder.«

»Ihr habt Recht, Meister Santorna«, sagte der König. »Ab jetzt werde ich seine Erziehung mit Strenge in die Hand nehmen.«

»Lasst ihn doch mit uns gehen«, sagte Gram.

»Wir bringen ihm schon alles bei«, sprach Helm.

Der König wandte sich zu ihnen und sagte: »Ich habe eure Missetat nicht vergessen! Ihr geht beide ohne Essen ins Bett. Geht nun.«

Prinz Tarne wollte seinen Brüdern folgen, doch der König hielt ihn zurück. »Du brauchst nicht ins Bett«, sagte er. »Du träumst schon genug. Du nimmst nun ein eiskaltes Bad im Meer. Und dann wirst du alle Waffen putzen, die im Schrank rosten. Morgen beginnst du zu lernen, wie man sie benutzt.«

Als er mit Meister Santorna allein war, seufzte er und sprach: »Wie kommt der Junge nur darauf?«

»Ach, Sire«, sagte der Ratsherr, »es war nur ein Traum.«

»Ich werde den dunklen Wald in Brand stecken.«

»Sire«, sagte Meister Santorna, »ich rate Euch etwas anderes: Lasst den Zaun um den Wald abreißen und hebt das Verbot auf. Wenn der Wald nicht verboten ist, wird er auch nicht mehr so geheimnisvoll sein.«

»Kein schlechter Gedanke«, meinte der König. Er schwieg eine Weile, dann seufzte er. »Gut. Ich werde Eurem Rat folgen. Dann wird er ein gewöhnlicher Wald werden.«

»Und ist es so passiert?«, fragte der Junge, als der alte Mann schwieg.

Der zuckte mit den Schultern. »Das kommt darauf an, wie man es betrachtet«, antwortete er. »Es stehen ja noch immer ein paar Bäume da … Findest du diesen Ort etwa gewöhnlich?«

Der Junge blickte sich um. Er wollte »Ja« sagen, aber plötzlich war er sich nicht mehr so sicher. Der Teich sah tief aus, die Bäume waren hoch, der Wind vom Meer rauschte in ihren Zweigen.

2 Der jüngste Prinz

»Seit der Zeit«, sagte der alte Mann, »gingen die drei Prinzen oft gemeinsam in den dunklen Wald am See, um dort zu jagen. Das heißt, Prinz Gram und Prinz Helm jagten, denn Prinz Tarne streifte immer nur herum und brachte nie eine Beute nach Hause. Doch er hatte stets etwas zu erzählen.«

»Was denn?«, fragte der Junge.

»Phantasien und ausgedachte Geschichten«, sagte der alte Mann. Und dann erzählte er weiter:

Prinz Tarne brachte seine Lehrmeister zur Verzweiflung. Als solche betrachteten sich auch Gram und Helm. Sie stritten nun nicht mehr so oft miteinander, weil sie ihren Bruder zurechtweisen konnten. Tarne musste ihnen meist Recht geben – die Kriegskunst lag ihm nicht besonders. Trotzdem war einer seiner älteren Lehrmeister, ein erfahrener Ritter, ganz anderer Meinung. »Der jüngste Prinz«, sagte er, »könnte viel mehr, wenn er nicht so ängstlich wäre. Außerdem tut er nicht sein Bestes.« König Finbold bekam graue Haare wegen dieses Sohnes!

Meister Santorna unterwies die drei Prinzen in den Wissenschaften. Er merkte bald, dass Tarne besser lernte als Gram und fast so gut wie Helm. Doch er zeigte eine Vorliebe für Themen, die besonders abseitig waren, ja sogar gefährlich. Er fragte nach der Bedeutung dunkler Zaubersprüche, die er in verstaubten Büchern gefunden hatte. Er wollte wissen, warum es im Reich keine Drachen mehr gab und warum nie Seejungfrauen an die Küste gespült wurden.

»Das ist alles Geschwätz, Hoheit«, sagte Meister Santorna.

»Märchen, die nie wirklich geschehen sind.« Und er schob dem Prinzen ein paar Bücher über Ökonomie und Staatskunde hin. »Damit solltet Ihr Euch beschäftigen, Hoheit«, sagte er streng. »Prinz Tarne!«

»Tarne ...«, wiederholte der Prinz nachdenklich. »Meine Mutter hat mir diesen Namen gegeben.« Er schwieg. Seit ihm der dunkle Wald am Meer nicht mehr verboten war, hatte er nie mehr über seine Mutter gesprochen. »Sollte mein Name etwas mit der Tarnkappe zu tun haben, Meister Santorna?«

»Hoheit«, sagte Meister Santorna erzürnt, »wenn Ihr so weitermacht, werde ich es Eurem Vater melden. Wir haben in unserem Reich nichts mehr mit Märchen zu tun. Jeder andere, der so sprechen würde, wäre schon längst wegen Hochverrats im Gefängnis.«

Der Prinz blickte ihn erschrocken an. Dann sagte er: »Sie haben Recht, Meister Santorna. Aber es gibt etwas, was ich nicht begreife! Warum sollen wir Prinzen, wenn wir achtzehn Jahre alt werden, dem König erzählen, was wir geträumt haben? Warum, wenn niemand daran glaubt?«

Meister Santorna seufzte. »Weil es nun mal der Brauch ist«, antwortete er. »Jedes Land, jedes Fürstenhaus hat seine Traditionen. Und die sind manchmal mühsam abzulegen, auch wenn sie unsinnig sind.«

In Finbolds Reich war es üblich, dass der König jeden seiner Söhne an seinem achtzehnten Geburtstag zum Ritter schlug. Erst musste der Prinz ihm erzählen, was er in der Nacht zuvor geträumt hatte. In früheren Zeiten wurde dieser Traum dann von dem Hofzauberer und anderen weisen Männern gedeutet. So konnte der König erfahren, ob der Prinz geeignet war, ihm auf den Thron zu folgen. Es war nämlich so, dass nicht unbedingt der älteste Sohn Thronfolger wurde. Der König benannte den als Erben, den er für den Geeignetsten hielt.

Natürlich war König Finbold, so wie Meister Santorna, viel zu vernünftig, um Träumen eine solche Bedeutung beizumessen. Er kannte seine Söhne auch ohne diesen Mummenschanz gut genug, um einen von ihnen auszuwählen. »*Aber*«, sagte er, »Tradition ist Tradition und warum sollte ich es anders halten als meine Vorväter?«

Als Prinz Gram achtzehn Jahre alt wurde, beherrschte er den Umgang mit allen Waffen meisterlich. Er war vielleicht hitzköpfig, aber er würde zweifellos ein guter König werden. Träume hielt er für Unsinn und er hatte auch nichts Besonderes zu erzählen. Sein Traum handelte vom Essen, glaube ich, und von der Jagd. Das machte nichts, er wurde der Erste unter den Rittern des Königs.

Prinz Helm war nicht so stark wie sein Bruder und daher nicht so gut in der Kriegskunst. Doch er war der Bedächtigere und daher auch ein viel versprechender Thronfolger. An seinem achtzehnten Geburtstag erzählte er sogar etwas Schönes: vom Ruhm des Reiches und einer gewonnenen Schlacht. Natürlich hatte er sich den ganzen Traum ausgedacht, doch auch er bekam bei dem großen Fest den Ritterschlag.

Bald sollte nun Prinz Tarne an die Reihe kommen …

Meister Santorna lag nachts manchmal wach deswegen! Ich sehe eine große Gefahr für dieses Reich, dachte er. Bis jetzt steht der jüngste Prinz noch im Schatten seiner Brüder, doch er hat mehr Möglichkeiten, als er selbst oder jemand anders begreift. Und der König hat eine Schwäche für ihn, auch wenn er sich das nicht eingestehen möchte. Was wird passieren, wenn dieser Prinz mit einer seiner wundersamen Traumgeschichten ankommt? Träume sind Betrug, doch gibt es immer Menschen, die darauf reinfallen …

Der alte Mann nickte. »Prinz Tarne wurde streng erzogen«, sagte er. »Ob er dadurch weiser wurde, ist zu bezweifeln.«

Einmal standen König Finbold und Meister Santorna am Strand. Sie tauschten Erinnerungen aus, wie sie vor langer Zeit die Seeräuber besiegt hatten. Plötzlich hörten sie Hufgetrappel und schauten auf – da kamen die drei Prinzen angeritten.

»Schaut nur«, sagte der König zufrieden. »Sind es nicht Prachtkerle? Sogar für Tarne ist kein Pferd zu wild.«

An der Wassergrenze hielten die Prinzen an.

»Warum reitest du nicht weiter?«, sagte Gram zu Helm.

»Das habe ich schon so oft getan«, antwortete Helm. »Ich bin ins Meer geritten, bis zu der gefährlichen Strömung, die du dort wie einen dunklen Streifen im hellen Wasser siehst.«

»Ich bin durch diese Strömung geschwommen«, sagte Gram.

»Das weiß ich«, meinte Helm. »Dein Pferd ist ertrunken.«

»Aber ich selbst kam mit heiler Haut ans Ufer zurück!«, rief Gram. »Das würdest du nie schaffen.«

»Oh, dann zeige ich es dir jetzt gleich …«, begann Helm.

Tarne unterbrach ihn. »Ich bin weiter gewesen, als ihr zwei je kommen werdet«, sagte er. »Ich war am anderen Ende des

Meeres und ich bin bis zum Grund getaucht. Bis zum Grund, sage ich.«

»Was du nicht sagst!«, sagten seine Brüder. »Oh, du tapferster aller Seehelden!« Doch ihr Spott klang gutmütig. »Und was hast du dort gefunden?«, fragte Helm. »Auf dem Grund des Meeres, meine ich.«

»Ich habe etwas gesucht«, antwortete Tarne. Plötzlich sah er ernst aus, als versuche er, sich an etwas zu erinnern. »Da war eine Jungfrau, eine sehr schöne Jungfrau mit langen, schwarzen Haaren. Sie stand auf einer weißen Treppe, die aus dem Meer kam. Und sie befahl mir, ins Wasser zu springen und nach etwas zu tauchen … Ich weiß nicht mehr, nach was.«

Seine Brüder brüllten vor Lachen.»Sicher war es wieder ein Traum«, rief Gram.

Tarne nickte schweigend. Er lachte nicht.

»Du bist noch zu jung, um von schönen Mädchen zu träumen«, sagte Helm.

»Aber er ist zu alt, um solche Märchen zu erzählen«, sagte Meister Santorna missbilligend zum König.

»Komm mit, Gram«, rief Helm. Die beiden älteren Prinzen galoppierten davon, dass der Sand dem König und seinem Ratsherren um die Ohren stob.

»Immerhin haben sie darüber vergessen, sich gegenseitig zu Dummheiten herauszufordern«, sagte der König, ihnen nachschauend. Dann rief er seinen jüngsten Sohn. »Tarne! Komm her!«

Der Prinz kam und stieg vom Pferd.

»Tarne, du sollst … «, sagte der König und schwieg. Er wusste eigentlich nicht, was er sagen wollte.

Doch der Prinz führte seinen Satz zu Ende: »Du sollst deine

Träume nicht laut aussprechen«, sagte er mit einem traurigen Lächeln.

»Genau«, bestätigte der König.

»Ich werde daran denken, Vater«, sagte der Prinz. Er verbeugte sich, bestieg sein Pferd und ritt langsam davon.

»Außer an deinem achtzehnten Geburtstag«, rief ihm der König nach …

»Niemand glaubte an Träume«, sagte der alte Mann. »Trotzdem war jeder neugierig, was Prinz Tarne zu erzählen hatte. Und dann war endlich der Tag gekommen.«

Im Thronsaal hatten sich viele Menschen versammelt. Prinz Gram und Prinz Helm, Meister Santorna, Edelleute und Reichsgrößen in vollem Ornat. König Finbold saß auf seinem Thron, die goldene Krone auf dem Kopf. Prinz Tarne, in einer neuen, glänzenden Rüstung, stand vor ihm.

»Tarne, mein Sohn«, sagte der König. »Ich werde dich gleich zum Ritter schlagen. Erzähle mir nun erst, was du in dieser Nacht geträumt hast.«

Prinz Tarne blickte seinen Vater an. Er war blass. »Nichts, Sire«, antwortete er.

Ein Seufzer stieg im Saal auf. Meister Santorna nickte zufrieden. Das kann nur ein gutes Zeichen sein, dachte er. Wenigstens haben wir es nun nicht mit irgendwelchen vagen Aussagen zu tun, mit Fragezeichen und der Furcht vor Ungewissem.

Doch der König runzelte die Brauen und wiederholte: *»Nichts?«* Er warf einen Blick zu Helm und Gram, dann wieder auf seinen jüngsten Sohn, der die Augen niederschlug.

»Nichts?«, fragte der König noch einmal und streng befahl er: »Schau mich an!«

Prinz Tarne gehorchte. Er wurde rot und biss sich auf die Lippe.

Meister Santorna versuchte, die Aufmerksamkeit des Königs auf sich zu ziehen. Er soll nur nicht weiterfragen, dachte er besorgt.

Der König sagte: »Versuche nicht, mir weiszumachen, dass du traumlos geschlafen hast, Tarne, noch dazu in dieser Nacht.«

»Vergebt mir, Vater«, sagte der Prinz. »Ich wollte nur sagen, dass das, was ich geträumt habe, nicht der Mühe des Erzählens wert ist.« Er versuchte zu lächeln, als er hinzufügte: »Außerdem sind Träume Betrug.«

»Das tut nichts zur Sache«, sagte der König zornig. »Ich befehle dir, Prinz Tarne, mir sofort deinen Traum zu erzählen.«

Der Prinz war blass geworden, aber er sah entschlossen aus. Und plötzlich bemerkten alle Anwesenden, dass er ebenso stolz und tapfer aussah wie seine Brüder. In die atemlose Stille hinein erklang seine Stimme: »Sire, ich kann es Euch nicht erzählen.«

Der König beugte sich vor. »Was?«, flüsterte er ungläubig.

»Ich kann Euch meinen Traum nicht erzählen«, sagte der Prinz. Und in einem ganz anderen Ton fügte er hinzu: »Vater, verlangt das bitte nicht von mir.«

»Ich warte auf deine Antwort«, unterbrach ihn der König. »Was hast du geträumt?«

»Ich kann es Euch nicht erzählen«, antwortete der Prinz. »Ich will es nicht erzählen und ich werde es nicht tun.« Er trat einen Schritt zurück und sah auf einmal nicht mehr tapfer aus.

Wieder wurde es still. Alle schauten vom Prinzen zum König. So etwas hatte es noch nicht gegeben, das war Majestätsbeleidigung.

Der König blieb ruhig und würdevoll, doch seine Stimme bebte vor Zorn, als er fragte: »Ist das deine Antwort?«

»Ja, Sire«, sagte der Prinz.

»Tarne«, sprach der König, »du hast dir nun in deiner Verrücktheit jede Chance auf den Thron verspielt. Trotzdem will ich wissen, was du geträumt hast.«

Der Prinz kniete nieder und flehte: »Vater!«

Der König erhob sich. »Genug!«, brüllte er. »Palastwache! Greift ihn und sperrt ihn in den tiefsten Kerker!«

Die Palastwache kam und umringte den Prinzen, der seinen Vater mit offenem Mund anstarrte.

»Tarne«, sagte der König, »zum letzten Mal nenne ich dich jetzt meinen Sohn. Wenn du mir deinen Traum nicht erzählst, sollst du für ewig im Kerker angekettet bleiben und nie mehr das Tageslicht sehen.«

Der Prinz stand auf. Er machte eine hilflose Gebärde, doch kein Wort kam über seine Lippen. Dann wurde er von der Palastwache abgeführt.

Danach schickte der König alle weg, außer Gram, Helm und Meister Santorna.

»Vater«, sagte Gram, »das habt Ihr doch nicht ernst gemeint, dass Tarne für immer im Kerker bleiben soll?«

»Oh, er wird es sich bestimmt überlegen«, sagte Helm. »Armer Esel, warum tut er auch so geheimnisvoll wegen seines Traums?«

»Das ist klar genug«, sagte Meister Santorna. »Dadurch hat er jeden so neugierig gemacht, dass Eure Träume ganz in Vergessenheit geraten.«

Die Prinzen schauten sich an. Auf ihren Gesichtern wechselten Verblüffung und Argwohn, Sorge und Wut einander ab. Doch der König rief: »Meister Santorna, was meint Ihr damit?«

»Sire«, antwortete der Ratsherr. »Wahrscheinlich hat Prinz Tarne nichts geträumt! Oder er hat etwas geträumt, was tatsächlich der Mühe des Erzählens nicht wert ist. Lasst Euch durch sein bösartiges Verhalten nicht verwirren, Prinz Gram und Prinz Helm stehen vor Euch. Einer von ihnen wird Euer Nachfolger sein.«

Der König nickte. »So ist es«, sagte er. »Aber ich kann nicht so schnell vergesen, dass ich meinen jüngsten Sohn verbannt habe, abgeschlossen von Licht und Leben. Geht zu ihm, Meister Santorna, und sagt ihm, dass ich ihn freilasse, wenn er mir seinen Traum erzählt.«

»Und hat Prinz Tarne das getan?«, fragte der Junge.

»Nein«, sagte der alte Mann. »Er schwieg weiterhin.«

3 Das zweischneidige Schwert

»Aber was hatte Prinz Tarne denn nun geträumt?«, rief der Junge.

»Du bist genauso neugierig wie alle anderen«, sagte der alte Mann. »Komm, setz dich neben mich auf diesen grünen Stein und hör zu.«

Prinz Tarne schwieg. »Schweigen?«, sagte der Hauptmann der Kerkerwache. »Er schreit den ganzen Tag! Über seinen Traum spricht er nicht, doch er fleht dauernd, man möge ihn freilassen. Es ist nur ein Glück, dass der Kerker so tief liegt und dass die Mauern so dick sind. Sonst würden alle verrückt werden von seinem Geschrei.«

»Verrückt, ja, das bin ich«, sagte Prinz Gram. »Dreimal bin ich schon hinuntergegangen, um diesem Idioten zu sagen, dass er seinen Traum erzählen soll. Aber nein, er kann nur jammern und klagen, sonst nichts. Soll er doch dort unten bleiben, wenn er das so gerne will.«

Auch Helm war einige Male in den Kerker hinuntergestiegen, um seinen Bruder umzustimmen. Es war auch ihm nicht gelungen. »Ich jedenfalls gehe nicht mehr hinunter. Ach, Helm, hat er zu mir gesagt, versuche doch, Vater umzustimmen. Er weiß so gut wie wir, dass Vater ihn sofort freilassen würde, wenn er seinen Traum erzählt. Aber dafür ist er zu dickköpfig. Er bekommt nur seinen verdienten Lohn …«

Tarnes Name durfte nicht mehr ausgesprochen werden. Trotzdem konnte niemand vergessen, dass er unter der Burg eingesperrt war. Man flüsterte über ihn und nach einer Weile machten Gerüchte die Runde. Großes Unheil bedrohe das Reich, sagte man.

Als Meister Santorna das hörte, beschloss er, dem ein Ende zu machen. Zum zweiten Mal ging er in den Kerker.

Ein Wächter öffnete die Eisentüren, die zu den dunklen Gewölben führten. »Ich bin froh, dass wieder jemand nach ihm schaut, Meister Santorna«, flüsterte er. »Seine Stimme wird immer schwächer, ich mache mir wirklich Sorgen um ihn.«

Kurz darauf stand Meister Santorna vor der Gittertür des tiefsten Kerkers. Der Wächter hielt seine Laterne hoch, so dass er den Gefangenen sehen konnte. Der Prinz saß mutlos da, zusammengesunken, und sprach leise vor sich hin: »Streit und Zwietracht, Blut und Feuer …«

Meister Santorna lief ein Schauer über den Rücken. »Du lieber Himmel«, flüsterte der Wächter neben ihm. »Der König muss ihn wirklich freilassen – oder ihn zum Sprechen zwingen.«

Der Prinz hob den Kopf und sah sie. Die Ketten rasselten, als er sich erhob und auf sie zuging. »Meister Santorna«, sagte er und umklammerte die Gitterstäbe mit den Händen. »*Ihr* seid hier! Ihr, der findet, dass Träume Betrug seien. Ihr seid der Einzige, der mir helfen kann.«

»Ihr könnt Euch nur selbst helfen«, sprach der Ratsherr. »Bekennt, dass Ihr gelogen habt! Eure Dickköpfigkeit hat schon genug Trauer und Unsicherheit gebracht.«

»Niemand kann trauriger und unsicherer sein als ich«, flüsterte der Prinz. Er blickte den Wächter an und sagte: »Lass uns einen Augenblick allein.«

Der Wächter gehorchte sofort.

»Hört, Meister Santorna«, sagte der Prinz, »und erzählt niemandem, was ich Euch nun berichte. Ein großes Unheil bedroht uns, wenn ich nicht freigelassen werde.«

»Still!«, sagte Meister Santorna böse. »Versucht nicht, mir Angst zu machen mit Schatten und Voraussagen und verschwommenen Lügen. Warum tut Ihr Eurem Vater und Euren Brüdern das an? Von Euch selbst ganz zu schweigen.«

»Erzählt es vor allem nicht meinen Brüdern«, flüsterte der

Prinz. Er schwieg und starrte Meister Santorna mit seinen dunkel umrandeten, fiebrig glänzenden Augen an. »Hört zu«, sagte er noch einmal. »Tut für mich, was ich Euch sage. Geht in den dunklen Wald am Meer und schlagt jeden dritten Seitenweg ein, bis Ihr zu einem Teich kommt. Neben dem Teich liegt ein grüner Stein. Nehmt mit, was unter dem Stein liegt, und werft es ins Meer.«

»Was ist das für eine Geschichte ...«, begann Meister Santorna.

»Ich weiß, dass Ihr mir nicht glaubt«, unterbrach ihn Prinz Tarne. »Aber ich beschwöre Euch, trotzdem zu tun, worum ich Euch bitte.«

»Seid Ihr fertig?«, ertönte die höfliche Stimme des Wächters.

Wieder rasselten die Ketten, als der Prinz sich in den Kerker zurückzog. »Schweigt darüber«, war das Letzte, was er sagte, »und vergesst es nicht.«

Der alte Mann blickte den Jungen an und fragte: »Was hättest du an Meister Santornas Stelle getan?«

»Ich wäre in den dunklen Wald am Meer gegangen«, sagte der Junge.

»Meister Santorna entschied sich auch dazu«, sprach der alte Mann.

Mitten in der Nacht schlich sich der Ratsherr aus der Burg, um das verrückte Ansinnen Prinz Tarnes zu erfüllen. Doch als er auf dem Weg war, änderte er seine Meinung. Der Mond schien und der dunkle Wald am Meer sah auf einmal überhaupt nicht aus wie ein gewöhnlicher Wald. Wenn Prinz Tarne nun die Wahrheit gesagt hatte … Der Schweiß brach ihm aus bei diesem Gedanken.

Er blickte sich immer wieder um, weil er meinte, Schritte zu hören, die ihm folgten. Trotzdem lief er weiter und nach einiger Zeit erreichte er sein Ziel – eine Lichtung, wo sich der Mond in einem stillen Teich spiegelte. Daneben lag ein großer Stein.

Meister Santorna fragte sich, wie er es schaffen sollte, den Stein von seinem Platz zu bewegen. Wie sollte er sonst finden, was darunter lag?

Plötzlich blieb ihm das Herz stehen vor Schreck. Zwei Gestalten tauchten in der Dunkelheit auf und kamen auf ihn zu.

»He, Meister Santorna«, riefen sie. »Was sucht Ihr hier, mitten in der Nacht?«

Gram und Helm! »Oh, Hoheiten, Ihr seid es«, keuchte der Ratsherr erleichtert. »Ich … ich wollte schauen, was unter diesem Stein liegt, aber …«

»Oh, den kann ich leicht kippen«, sagte Gram.

»Wenn ich dir dabei helfe«, fügte Helm hinzu.

Nach einigem Hin und Her begannen beide, ihre Kraft zu erproben.

Meister Santorna fiel plötzlich ein, dass Tarne ihn gebeten hatte, vor allem seinen Brüdern nichts zu verraten. Doch in diesem Moment kippte der Stein. Die Prinzen stießen einen triumphierenden Schrei aus.

»Da liegt tatsächlich was drunter«, sagte Helm und bückte sich.

Gram stieß ihn zur Seite. »Lass mich schauen.«

Meister Santorna trat zwischen sie und sah, was es war.

»Was war es?», fragte der Junge.

»Ein Schwert«, antwortete der alte Mann und fuhr mit seiner Geschichte fort.

Tageslicht strömte durch die großen Fenster des Thronsaals. Da stand König Finbold und betrachtete das Schwert, das er in der Hand hielt. Der Griff war aus Gold und mit Rubinen besetzt. Die Klinge war aus scharfem, doppelt geschliffenem Stahl. Worte waren darauf eingraviert:

König ist der,
der mit mir kämpft.

Helm sprach: »Ich habe es gefunden!«

Gram sagte: »Ich sah es und habe es genommen.«

Doch Meister Santorna sprach: »Prinz Tarne hat mir gesagt, wo ich es finden könnte. Ich sollte es ins Meer werfen.«

»Eine Schande!«, rief Gram. »Dieses prachtvolle Schwert!«

»Ich hätte Euch nichts davon erzählen dürfen«, sagte der Ratsherr.

»Noch schlimmer«, sprach Helm. »Er selbst konnte es nicht holen, deshalb gönnt er es uns auch nicht.« Er streckte die Hand nach dem Schwert aus.

»Hände weg!«, befahl der König. Er winkte einem Diener. »Hole Prinz Tarne aus dem Kerker und bringe ihn hierher.«

Der Diener verschwand hastig. Der König schwieg und starrte aus dem Fenster zum Meer hinüber. Gram und Helm schwiegen auch und betrachteten aus den Augenwinkeln das Schwert. Meister Santorna biss auf seine Nägel und blickte von einem zum anderen.

Dann trat Prinz Tarne in den Saal. Zögernd kam er einen Schritt näher. Er sah das Schwert in der Hand seines Vaters und sein blasses Gesicht wurde noch weißer. »Ach, Meister Santorna«, sagte er, »warum habt Ihr nicht getan, was ich gesagt habe?«

»Ist dies dein erstes Wort?«, sprach der König. »Komm näher und erzähle mir, was das bedeutet. Kennst du dieses Schwert? Und weißt du, was darauf steht?«

Prinz Tarne nickte.

»Und du wolltest es ins Meer werfen lassen!«, riefen seine Brüder zornig.

»Seid still«, befahl der König. »Tarne, nun kannst du deinen Traum bestimmt erzählen.«

Prinz Tarne schüttelte langsam den Kopf.

Prinz Gram nahm seinem sprachlosen Vater das Schwert aus der Hand. »Sprich!«, brüllte er, während er drohend das Schwert hob.

Prinz Helm riss es ihm aus der Hand. »Dieses Schwert gehört nicht dir«, rief er.

»Gib es mir!«, rief der König böse. Widerwillig gehorchte ihm sein zweiter Sohn. Dann drehten sich alle zu Prinz Tarne um.

»Bring die Sache zu Ende, Tarne«, sagte der König. »Sprich.«

»Vater«, sagte der Prinz, »erst müsst Ihr mir dieses Schwert geben. Es steht mir zu, denn ich wusste, wo es zu finden war.«

»Nein!«, schrien seine Brüder. »Wirf ihn zurück in den Kerker!«

»Um Himmels willen, Sire«, rief Meister Santorna. »Tut nicht, was er verlangt!«

»Habt keine Angst!«, sagte der König.

Prinz Tarne schwieg. Er streckte nur die Hand aus. Der Blick des Königs fiel auf seine Handgelenke, die rot und abgeschabt waren von den Ketten. Und schweigend händigte er seinem jüngsten Sohn das Schwert aus.

Prinz Tarne umfasste fest den Griff und sagte: »Nun werde ich es ins Meer werfen.«

»Du Schuft!«, riefen seine Brüder. »Das tust du nicht!« Sie wollten sich auf ihn werfen, doch Tarnes flinkes Schwert blitzte ihnen entgegen und trieb sie zurück. Da zogen sie ihre eigenen Schwerter und griffen ihn an.

Doch Prinz Tarne, der früher immer den Kürzeren gezogen hatte, blieb nun unerschütterlich stehen. Mit einigen heftigen Schlägen schlug er ihnen die Schwerter aus der Hand. Dann drehte er sich um und rannte aus dem Saal.

»Haltet ihn zurück!«, brüllten seine Brüder und rannten ihm nach.

»Greift ihn!«, rief der König, während er ihnen folgte.

»Nehmt ihn gefangen!«, rief Meister Santorna.

Prinz Tarne war draußen, bevor ihn jemand zurückhalten konnte. Er rannte über den Strand zum Meer und blieb am Rand des Wassers stehen. Seine Verfolger sahen das Schwert in seinen erhobenen Händen glitzern. Einen Augenblick später flog das Schwert durch die Luft und verschwand weit weg von der Küste in den Wellen.

Tarne drehte sich um und wartete unbeweglich auf seine Verfolger. Bald hatten ihn sein Vater und seine Brüder erreicht. Meister Santorna blieb hinter ihnen stehen, und hinter ihm, in einem Halbkreis, standen die Krieger des Königs.

Prinz Tarne wischte sich keuchend die Stirn ab. *»Es war nur* *ein Traum«*, begann er und schwieg, bis er wieder zu Atem gekommen war. Alle starrten ihn gespannt an. Meister Santorna dachte an die Hexe, die genau an dieser Stelle verschwunden war.

»Ich hörte eine Stimme«, erzählte Tarne, »die sagte:

Näher, näher kommt die Stunde
von Zwist und Zwietracht, Blut und Feuer.
Unterm grünen Stein versteckt,
wartet das Unheil ungebrochen.
Such es, finde es, nimm es mit.
Sprich kein Wort, wirf es ins Meer.«

Prinz Tarne fuhr fort: »Ich ging durch den dunklen Wald am Meer. Ich stand am Teich und da war der grüne Stein. Vater, *es war nur ein Traum!* Da kamen meine Brüder. Sie stießen den Stein um und fanden das zweischneidige Schwert. Ich stand zwischen ihnen und las die Worte auf der Klinge. *König ist, wer mit mir kämpft.* Gram und Helm, *es war nur ein Traum!* Meine Brüder begannen um das Schwert zu streiten. Sie hielten es beide fest und keiner wollte es dem anderen geben. Meister Santorna, *es war nur ein Traum!* Plötzlich sah ich zwei Heere. Prinz Gram ritt an der Spitze des einen, Prinz Helm führte das andere an. Sie ritten aufeinander zu und begannen zu kämpfen. Oh, alle, die mir zuhören: *Es war nur ein Traum!* Ich sah Blut und Feuer und dann wurde alles von Rauch verdüstert. Da weinte ich bitterlich und sagte: Ach, hätte ich das Schwert nur ins Meer geworfen.«

Prinz Tarne senkte den Kopf und schwieg.

»Es war nur ein Traum«, flüsterten seine Brüder.

»Es war nur ein Traum«, sagte Meister Santorna. »Vergessen wir es und gehen wir zurück zur Burg.«

Doch der König griff seinen jüngsten Sohn bei der Schulter und sagte: »Tarne, woher weißt du das alles? Erzähle weiter! Du musst doch mehr wissen als das.«

»Vater«, sagte der Prinz, »ich habe Euch alles erzählt, was ich sagen kann. Fragt nicht weiter.«

»Antworte mir!«, sagte der König. »Ich weiß, dass du nicht lügen kannst. Hast du mir nun den ganzen Traum erzählt?«

Prinz Tarne sah aus, als wolle er gleich in Tränen ausbrechen. »Nein und nein und nein!«, sagte er. »Seid Ihr nun zufrieden?«

Der König ließ ihn los.

»Nein und nein und nein!«, riefen Gram und Helm. »Wir sind nicht zufrieden.«

»Hört doch auf!«, rief Meister Santorna voller Angst.

»Ich höre nur auf Tarne«, sprach der König.

»Ich sage nichts mehr«, rief der Prinz, während er um sich blickte, als suche er nach einer Fluchtmöglichkeit. »Ihr könnt mich wieder in den Kerker werfen lassen, Vater, aber würde ich sprechen, so würde alles nur noch schlimmer. Dann würdet Ihr mich sicher verbannen, mich mit einem Schiff ohne Ruder und Riemen aufs Meer jagen.«

»Das werden wir tun, wenn du das so gerne willst«, riefen seine Brüder. Sie ergriffen ihn und zerrten ihn über den Strand. Ein Stück weiter lag ein verlassenes Fischerboot.

»Steig ein!«, befahl Gram. »Und dann verschwinde!«

»Geh aufs Meer«, rief Helm, »und suche das Schwert!«

»Lasst ihn los«, brüllte der König. Er lief auf sie zu und sagte: »Tarne, willst du mir den Rest deines Traumes erzählen?«

»Nein, Vater«, antwortete der Prinz.

»Dann tue, was deine Brüder gesagt haben«, rief der König wütend. »Ich verbanne dich aus meinem Reich. Geh mir aus den Augen!«

Prinz Tarne stieg in das Boot und seine Brüder stießen es ins Meer. Der König wandte sich ab und lief, ohne sich noch einmal umzuschauen, zum Schloss. Meister Santorna folgte ihm, doch nach einigen Schritten blieb er stehen und blickte sich um. Er sah, dass Gram das Steuer in Stücke schlug. Er sah, dass Helm die Ruder packte und wegwarf. Prinz Tarne unternahm keinen Versuch, das zu verhindern. Meister Santorna ging weiter. Dieser Sohn einer Hexe sollte für sich selbst sorgen.

»Finde das Schwert!«, rief Gram.

»Eher darfst du nicht mehr nach Hause kommen!«, spottete Helm.

Als Meister Santorna sich wieder umschaute, war das Boot schon ein ganzes Stück abgetrieben.

»Und dann?«, flüsterte der Junge.

»In der Nacht kam ein Sturm auf«, sagte der alte Mann. »Das war das Ende der Geschichte.«

4 Weit übers Meer und ans Ende der Welt

»Nein!«, rief der Junge. »Das darf doch nicht wahr sein! Wie ging es weiter mit Prinz Tarne?«

»Still!«, sagte der alte Mann. »Ich höre Hufgetrappel.«

Ein Reiter kam angeritten. Am Teich hielt er an, stieg ab und kam auf sie zu. Ein junger Ritter war es, in einer glänzenden Rüstung.

»Frag ihn«, sagte der alte Mann. »Er kennt die Geschichte besser als ich.«

»Welche Geschichte?«, fragte der Ritter.

»Die Geschichte des Prinzen Tarne«, antwortete der alte Mann.

»Er ist doch nicht ertrunken?«, fragte der Junge.

Der Ritter setzte sich ins Gras und sprach: »Nein, das ist er nicht. Ich werde dir seine Abenteuer erzählen:

Der arme Tarne war wirklich davon überzeugt, dass er schweigen müsste. Er hätte auch Meister Santorna nichts erzählen dürfen, doch in seiner Verzweiflung hatte er sich nicht mehr zu helfen gewusst. Nun hatten seine Brüder das Schwert doch gefunden. Vielleicht wäre dasselbe passiert, wenn er im Kerker hätte bleiben müssen. An der Prophezeiung war wohl nichts zu ändern gewesen. Aber warum hatte er dann geträumt, dass er das Schwert ins Meer werfen müsse? Er hatte vorgehabt, das in aller Stille zu tun, trotz der Worte auf der Klinge. Er wusste aber nur allzu gut, dass er nicht geeignet war, jemals König zu sein.

Das Boot ohne Steuer und Ruder trieb ins Meer. Tränen sprangen ihm in die Augen, als er das Land verschwinden sah.

»Es war nur ein Traum«, stöhnte er, krank vor Kummer, »und mein letzter obendrein.«

Danach umgaben ihn Sturm und Finsternis.

Die Wogen trugen das Boot weit weg von jedem Strand. Dann kam ein anderes Schiff, ein Kriegsschiff mit einem Drachenkopf. Die Soldaten auf dem Schiff sahen das Boot mit dem bewusstlosen Tarne und holten ihn an Bord. So wurde er gerettet.

Sobald Tarne wiederhergestellt war, musste er vor dem Kapitän erscheinen, einem grimmigen, dunklen Mann, der ihn durchdringend ansah und ihn fragte, wer er sei.

»Ich habe keinen Namen«, antwortete der Prinz.

»Dennoch müsst Ihr von edler Herkunft sein«, sagte der Kapitän. »Schaut, diesen kostbaren Ring habe ich von Eurem Zeigefinger genommen.«

Es war ein Ring, den Tarne einst von seinem Vater bekommen hatte. »Oh, gebt ihn mir zurück!«, sagte er.

»Ihr kommt aus dem Land von König Finbold«, sprach der Kapitän. »Wie geht es dem König und seinen Söhnen?«

»Das weiß ich nicht«, antwortete der Prinz. »Ich bin aus dem Land verbannt.«

»Das habe ich mir gedacht«, sagte der Kapitän mit einem Grinsen. »Dann werdet Ihr wohl keinen Anspruch mehr auf diesen Ring erheben, der das königliche Wappen trägt.«

Der Prinz schwieg. Er wusste nicht, was er sagen sollte.

»Ich kenne den König«, fuhr der Kapitän fort, »nicht als Freund, sondern als Feind. Vor Jahren kämpfte ich gegen ihn, als mein Seeräuberfürst sein Land erobern wollte. Das ist damals nicht gelungen, aber wir könnten es ja noch einmal versuchen. Und Ihr könnt mir dabei helfen. Ihr könnt mir erzählen, wie groß Finbolds Heer ist und wo die besten Angriffspunkte an der Küste liegen.«

»Nein«, sagte der Prinz böse. »Und ich rate Euch nicht zu einem Überfall. Es gibt keine mächtigeren Kriegsherren als König Finbold und seine Söhne Gram und Helm.«

»Ich dachte, der König hätte *drei* Söhne«, sagte der Kapitän und blickte Tarne viel sagend an.

Er scheint zu ahnen, wer ich bin, dachte der Prinz. Kurz sagte er: »König Finbolds jüngster Sohn hat nicht viel zu bedeuten. Er wird von sinnlosen Träumen geplagt.«

»Ach ja?«, sprach der Kapitän. »Hat der Prinz vielleicht geträumt, er wäre König und herrsche über seine Brüder?«

»Warum fragt Ihr das?«, fragte Tarne, den ein unbehagliches Gefühl beschlich.

»Ich war einmal auf einem Raubzug«, sagte der Kapitän leise. »Und neben mir auf dem Vorderdeck stand ein Königssohn. Mit ihm eroberte ich das Reich Finbolds … Oh, Verbannter ohne Namen, es war nur ein Traum. Aber Träume werden manchmal wahr.«

Prinz Tarne erblasste. »Das glaube ich nicht!«, sagte er.

»Junger Mann«, sagte der Kapitän, »ich sehe eine große Zukunft für dich. Ich werde dich zu meiner rechten Hand machen, mit einem Schwert in der Faust.«

»Nein«, sprach Tarne. »Mein Schwert habe ich ins Meer geworfen und ein anderes will ich nicht. Ich will auch nicht neben Euch auf dem Deck stehen.«

»Dann könnt Ihr an den Riemen sitzen«, sagte der Kapitän böse, »und wie ein Sklave rudern! Ihr seid mein Eigentum, denn ich habe Euch das Leben gerettet.«

»Es sei so«, sprach Tarne.

Dann musste er rudern, bis ihn alle Muskeln schmerzten und sich ihm die Haut von den Händen ablöste. »Vielleicht«, sagte der Kapitän, »wollt Ihr doch lieber neben mir auf Deck stehen?«

»Nein«, sagte Tarne. Schweißtropfen standen ihm auf der Stirn.

»Wir fahren nun westwärts«, sprach der Kapitän. »Dort taucht die Sonne in den Abgrund des Nichts unter. Aber wenn Ihr Ja sagt, werde ich wenden und zurücksegeln zum Reich König Finbolds.«

»Nein«, sagte Tarne, »ich möchte lieber frei bleiben.«

»Frei?«, rief der Kapitän spöttisch. »Dann rudere, Sklave!«

So blieb der Prinz gefangen, viele harte Tage lang. Andere Schiffe kamen aus Norden und Süden und schlossen sich ihnen an. Die Flotte fuhr weiter nach Westen … »Und dort«, sagte der Kapitän zu Tarne, »ist das Ende der Welt.«

Doch eines Tages kamen Möwen und flogen kreischend um den Mast. Die Seeräuber wurden eifrig; sie putzten ihre Waffen und kontrollierten sie. Gegen Sonnenuntergang meinte Tarne, in der dunstigen Ferne eine Küste zu sehen. Als es dunkel wurde, dachte er: Vielleicht habe ich es mir nur eingebildet, aber lieber ertrinke ich, als dass ich hier bleibe.

Geräuschlos ließ er sich von Bord gleiten und schwamm in die Richtung, in der er das Land vermutete. Pechschwarz war die Nacht und eiskalt das Wasser. Manchmal dachte er, dass er aufgeben müsse. Aber er hielt durch und erreichte endlich einen Strand, wo er mehr tot als lebendig liegen blieb.

Als die Sonne aufging, sah er auf dem Meer die Schiffe, vor denen er geflohen war. Er stand auf und lief landeinwärts. Er erreichte einen Hügel und erklomm ihn. Nun sah er, dass er sich auf einer Insel befand. Weiter im Westen waren noch andere Inseln, smaragdgrün und golden – und dahinter lag eine neblige Küste. Das sah so schön aus, dass er sich plötzlich fast glücklich fühlte. Unter sich, am Fuß des Hügels, sah er weiße Häuser. Dorthin ging er.

Die Bewohner der Insel empfingen ihn sehr freundlich. Sie erschraken aber, als sie hörten, von welchem Schiff er entkommen war. »Die Seeräuber!«, riefen sie einander zu. »Schnell, schickt Botschafter zum König und seiner Flotte.«

Die Männer griffen nach ihren Waffen und rannten los. Die Frauen nahmen den erschöpften Tarne zu sich. Sie legten ihn in ein Bett, das in einem der weißen Häuser stand.

Nach einiger Zeit wachte er von lautem Geschrei auf. »Was ist los?«, rief er und sprang auf.

»Die Seeräuber sind gelandet«, antwortete eine Frau, die an seinem Bett saß. »Gebe Gott, dass unsere Männer sie zurückhalten können, bis die Flotte des Königs angekommen ist.«

»Habt Ihr noch Waffen hier?«, fragte der Prinz, der nie gerne gekämpft hatte. »Ich möchte gerne helfen, wenn ich kann.«

Die Frauen wollten erst nichts davon hören, doch schließlich gaben sie ihm einen Speer und einen Knüppel. Der Prinz, der das Kämpfen immer noch nicht mochte, begab sich zum Strand. Dort kämpften die Inselbewohner wie Löwen, aber es sah schlecht für sie aus. Tarne stürzte sich, ohne zu zögern, in den Kampf. Er kämpfte leidenschaftlich und übernahm bald die Führung. Der Unterricht seiner Lehrmeister war doch nicht umsonst gewesen!

Nach einer Weile kam Hilfe, die Flotte des Königs aus dem

Westen. Die Seeräuber waren schon dabei zu verlieren und nun wurden sie ganz vertrieben.

Als alles vorbei war, wurde Prinz Tarne als Held gefeiert. »Wer seid Ihr?«, fragten die Ritter der königlichen Flotte. »Ihr müsst ein berühmter Krieger sein!«

»Ich habe keinen Namen«, sagte Tarne, »und ein Krieger bin ich auch nicht.«

»Ihr müsst mit uns gehen zu unserem König«, sprachen die Ritter. »Er wird Euch sicher danken wollen und Euch belohnen.«

»Wer ist Euer König?«, fragte Tarne.

»Wisst Ihr das nicht? Es ist Tarne, der Herrscher über die Westlichen Inseln und Fürst des Reiches am Ende der Welt.«

»Tarne?«, rief der Prinz erstaunt, als er seinen eigenen Namen hörte. »Hat Euer König … hat er Kinder, Söhne … Töchter?«

»Er hat viele Söhne, aber er hatte nur eine Tochter, Prinzessin Maja. Sie heiratete König Finbold vom Land auf der anderen Seite des Meeres und dort ist sie gestorben.«

Meine Mutter, dachte Tarne. Der König dieses Reiches war also sein Großvater. Vielleicht hatte er sich deshalb sofort wohl gefühlt hier. »Ich möchte Euren König gerne treffen«, sagte er.

So ging er an Bord eines der Schiffe. Dort bekam er neue Kleider und alle behandelten ihn wie einen Freund. Er dachte immer weniger an das, was er durchgemacht hatte. Mit wachsendem Verlangen blickte er hinüber zur Küste, die immer näher rückte.

»Erzählt mir von König Tarne«, bat er seine neuen Freunde. »Von seinen Söhnen … und von seiner Tochter.«

»Der König ist weise und mächtig«, war die Antwort. »Seine Söhne sind tapfere Ritter, in seinem Reich lässt es sich gut leben.« Tarne hörte viel, auch von der Königstochter, seiner Mutter. »Sie war gut und schön und eine große Zauberin.«

»Eine Zauberin?«, wiederholte Tarne.

»Ja. Warum macht Ihr so ein verwundertes Gesicht, Fremdling? Haben sie dort, wo Ihr herkommt, der Zauberei abgeschworen?«

Der Prinz antwortete nicht. »Sagt mir«, bat er, »was würde König Tarne tun, wenn einer seiner Enkel verjagt und verbannt worden wäre?«

»Seine Wut wäre groß!«, sprachen seine Freunde. »Und diejenigen, die das getan hätten, würden hart bestraft werden. Aber warum fragt Ihr das?«

»Es war nur ein Traum«, sagte Tarne. »Vergesst es.« Und er dachte: Wenn ich meinem Großvater erzähle, wer ich bin, wird er seine Wut sicher gegen meinen Vater und meine Brüder richten …

Als er zu König Tarne gebracht wurde, sagte er also nicht, wer er war. Er erzählte nur, dass er ein Verbannter sei, der seinen Namen vergessen habe.

Der König sagte freundlich, das spiele keine Rolle. »Für Euer tapferes Auftreten werde ich Euch trotzdem zum Ritter schlagen», sprach er. »*Ritter ohne Erinnerung* soll man Euch nennen. Und Ihr könnt an meinem Hof bleiben, solange es Euch beliebt.«

Prinz Tarne empfand große Zuneigung dem König gegenüber und er blieb lange in seinem Reich.

Der Ritter schwieg einen Moment. »Oh, das herrliche Reich im Westen!«, sagte er dann. »Die schönen Inseln am Ende der Welt! Wenn ich alles erzählen wollte, würde ich in Tagen nicht fertig werden.« Er warf dem alten Mann einen Blick zu und lächelte. »Außerdem würde meine Geschichte dann märchenhaft werden«, fügte er hinzu.

König Tarne hatte viele Ritter an seinem Hof versammelt. Oft unterhielt er sie mit großen Festen, oft auch schickte er sie auf Abenteuer aus. Sein Schloss war immer offen für jeden, der hereinkommen wollte. Und fast jeden Tag kamen Menschen und baten um Rat oder Beistand. Mütter, deren Kinder weggelaufen waren, um den Regenbogen zu erklimmen, Zauberer, die Reisebegleiter für die Suche nach dem Stein der Weisen suchten, Spielleute, die Lieder sangen von Prinzessinnnen, die von Drachen bedroht wurden. Und jedem wies der König einen Ritter zu, mit dem Auftrag, zu helfen, wo er konnte. Alle Ritter empfanden es als Ehre, wenn sie ausgewählt wurden. Dann konnten sie beweisen, was sie wert waren.

Auch der Ritter ohne Erinnerung hoffte, dass der König ihm einmal einen Auftrag geben würde. Nicht, dass er sonst untätig gewesen wäre … Er hatte in Turnieren geglänzt, er war auf wilden Pferden in die weiten Ebenen geritten, über hohe Berge und durch wilde Wälder. Doch einen richtigen Auftrag hatte er noch nicht bekommen. Es schien fast, als traue ihm der König nicht genug …

Doch dann kam der Tag, an dem König Tarne all seine Ritter zusammenrief.

»Meine Herren«, sagte er, »ich habe einen Brief bekommen

von der Jungfrau *Arvira von der Weißen Treppe.* Sie bittet mich, ihr ein Dutzend Ritter für einen gefährlichen Auftrag zu schicken.«

Er nannte die Namen von zwölf Rittern und der letzte war der Ritter ohne Erinnerung.

»Ich erzähle dir die Abenteuer des Prinzen Tarne«, sagte der Ritter, »doch ich möchte dazusagen, dass er schon fast nicht mehr daran dachte, dass er ein Prinz war. Vielleicht wollte er sein Vaterland am liebsten vergessen. Dass er seinen eigenen Namen nicht vergaß, lag nur daran, dass er so hieß wie der König aus dem Westen.«

5 Tarnes Rückkehr

»Und sein Traum?«, fragte der Junge. »Hatte Prinz Tarne den auch vergessen?«

»Auch daran wollte er lieber nicht denken«, anwortete der Ritter. «Seine ganze Vergangenheit erschien ihm wie ein Traum – genau wie später sein Aufenthalt im Reich seines Großvaters ...« Er stand auf und stellte sich an den Rand des Teiches. Der Junge sah nun, dass er kein Schwert trug. Die Scheide an seiner Seite war leer.

»Herr«, sagte der alte Mann, »erzählt doch weiter.«

Und der Ritter fuhr fort.

So brach der Ritter ohne Erinnerung nun endlich zu einem Abenteuer auf, wenn auch als einer von vielen.

Jungfrau Arvira lebte in einem Schloss an der Küste. Die zwölf Ritter wurden sofort eingelassen und die Jungfrau kam ihnen entgegen. Sie war jung und schön, mit langen, schwarzen Haaren, und ihre Augen hatten die helle Farbe des Meeres. Der Ritter ohne Erinnerung konnte den Blick nicht von ihr wenden. Er hatte das Gefühl, sie schon lange zu kennen, und es tat ihm Leid, dass er nicht allein hier war.

Die Jungfrau hieß sie freundlich willkommen. »Der Tisch ist gedeckt«, sagte sie. »Ihr seid meine Gäste. Doch zuerst möchte ich Euch erzählen, warum ich Euch gerufen habe. Mein Auftrag muss bald erfüllt werden. Folgt mir, bitte.«

Sie brachte sie zu einer Treppe aus weißem Stein, die zum Meer hinunterführte. »Vor einiger Zeit«, sprach sie, »stand ich auf der untersten Stufe und ließ meinen Ring ins Wasser fallen.« Sie blickte die Ritter der Reihe nach an und fügte hinzu: »Dieser Ring ist mir sehr teuer, und ich möchte gerne, dass einer von Euch ihn für mich wieder findet.«

»Natürlich sind wir alle dazu bereit, Jungfrau«, sagte einer der Ritter lachend. »Aber das ist doch nicht der Auftrag, für den Ihr uns habt kommen lassen.«

»Doch, das ist er«, antwortete die Jungfrau mit einem spöttischen Lächeln. »Ich möchte, dass einer von Euch seine Waffen ablegt, seine Rüstung auszieht, seinen Helm abnimmt … und sich auszieht, bis er im Hemd steht! Welcher Ritter möchte so ins Meer springen und nach meinem Ring tauchen?«

Elf Ritter blickten einander wortlos an. Sie fühlten sich in ihrer Ehre verletzt und zum Narren gehalten. Doch der

Ritter ohne Erinnerung erinnerte sich plötzlich an etwas. An einen Traum, halb vergessen, wegen dem ihn seine Brüder vor langer Zeit ausgelacht hatten. Er trat einen Schritt vor und sagte: »Jungfrau, gebt mir den Auftrag.«

»Gut«, sprach Jungfrau Arvira. »Der Ritter ohne Erinnerung soll versuchen, meinen Ring zu finden. Und wenn es ihm gelingt, müssen ihn die anderen Ritter als Anführer anerkennen. Sie müssen versprechen, ihm zu folgen, wohin er geht, und ihm zu helfen, wenn er das wünscht.«

Die elf Ritter blickten einander verwirrt an, aber sie antworteten, sie seien einverstanden.

Da kleidete sich Tarne bis aufs Hemd aus, stieg die Treppe hinunter und sprang ins Meer.

Er tauchte tief, sehr tief … Um ihn herum herrschte grünblaue Dämmerung. Auf dem Meeresgrund lagen Muscheln und Steine und Bruckstücke unerkennbarer Gegenstände. Fische schossen davon, als er ihnen zu nahe kam. Genau wie in meinem Traum, dachte er. Plötzlich sah er etwas glitzern. Er wollte es berühren, doch dann griff er daneben und schnitt sich an etwas Scharfem. Dann war er gezwungen, aufzutauchen, um nach Luft zu schnappen.

Dort warteten die anderen Ritter. Sie lachten ein bisschen, weil er den Ring noch nicht hatte. Doch Tarne blickte allein zu der Jungfrau hin, die oben an der Treppe stand. Wieder tauchte er, und diesmal gelang es ihm, das glitzernde Ding zu packen. Kurz danach tauchte er auf und hielt den Gegenstand hoch.

»Hier ist Euer Ring«, sagte er keuchend.

Nun beglückwünschten ihn die anderen Ritter freundlich. Die Jungfrau hielt ihm die Hand hin und sagte: »Ich danke

Euch, Ritter ohne Erinnerung. Wollt Ihr mir den Ring anstecken?«

Tarne gehorchte, doch als sich ihre Hände berührten, sprach sie: »Ritter, Ihr blutet!«

»Oh, das ist nichts, Jungfrau«, sagte er. »Ich habe mich an etwas geschnitten, das auf dem Boden lag.«

»An was?«, fragte sie.

»Das ist egal, Jungfrau.«

»Keineswegs«, sagte die Jungfrau. Sie wandte sich an die anderen Ritter. »Ihr könnt zu Tisch gehen. Doch der Ritter ohne Erinnerung darf nicht essen oder trinken, bevor er weiß, woran er sich geschnitten hat.«

Unter den elf Rittern entstand ein Gemurmel. »Tut, was ich gesagt habe!«, befahl die Jungfrau. »Wartet im Schloss auf mich.«

Kurz darauf war Tarne mit ihr allein. Sie deutete auf das Meer und sagte: »Spring.« Und plötzlich schlang sie ihre Arme um ihn und küsste ihn.

Wieder lief Tarne die Treppe hinunter und zum dritten Mal tauchte er hinunter. Seine tastenden Hände fanden den scharfen Gegenstand.

Als er das Trockene erreichte, lief ihm ein Schauer über den Rücken und eisige Kälte ergriff sein Herz. Schweigend starrte er an, was er gefunden hatte – es war das zweischneidige Schwert, das er vor langer Zeit ins Meer geworfen hatte. Welche Strömung, welche Zauberei hatten es hierher gebracht? Das Wasser hatte ihm kaum etwas ausgemacht, es glänzte und schimmerte in seiner zitternden Hand.

Jungfrau Arvira trat zu ihm. »Ritter ohne Schwert«, sprach

sie, »hier ist Eure Waffe. Ritter ohne Erinnerung, sagt mir Euren Namen.«

»Wie ist das möglich …«, flüsterte der Prinz.

»Ihr habt das Schwert wieder gefunden«, sagte die Jungfrau, »weil nur *Ihr* damit kämpfen dürft. Und Ihr dürft es erst wieder ins Meer werfen, wenn Ihr die Worte auf der Klinge wirklich begreift, Prinz Tarne!« Sie lächelte und fuhr fort: »Wundert Euch nicht. Der König dieses Landes hat in Euch sofort seinen Enkel erkannt. Und er hat mir aufgetragen, ihm Bescheid zu sagen, sobald das Schwert hier auftauchen sollte. Ihr werdet selbst wissen, was Ihr zu tun habt.«

»Ich … ich fürchte, dass ich zurück muss in meines Vaters Reich«, sagte der Prinz. »Aber ich würde es lieber nicht tun! Oh, ich wollte, ich könnte Euch sagen …«

»Nein, sagt mir nichts«, sagte die Jungfrau ernst. »Ich muss Euch zurückschicken in das Land, aus dem Ihr kommt. Aber ich verspreche Euch, dass wir uns wieder sehen werden.«

Sie nahm ihren Mantel und legte ihn ihm um die Schultern. Dann führte sie ihn ins Schloss. Dort saßen die anderen Ritter an der Tafel.

»Meine Herren«, sprach Jungfrau Arvira, »hier ist Euer Anführer! Prinz Tarne ist sein Name, und Ihr habt versprochen, ihm zu folgen. Morgen werdet Ihr mit ihm ostwärts segeln.«

Der Ritter machte eine Gebärde zu dem alten Mann hin. »Lass ihn den Rest der Geschichte erzählen«, sagte er.

Der alte Mann räusperte sich. »Es ist nicht angenehm, damit zu beginnen«, sagte er. »Höre, was inzwischen in Finbolds Reich geschehen war.«

Alle dachten, dass der junge Prinz umgekommen sei, und niemand wagte mehr, über ihn zu sprechen. König Finbold wurde noch grimmiger, als er ohnehin schon war. Er wurde alt und düster und ließ die Regierungsgeschäfte verwahrlosen.

»Sire«, sagte Meister Santorna eines Tages, »ist es nun nicht an der Zeit, dass Ihr Euren Nachfolger bestimmt? Vielleicht wäre es gut, wenn ein junger König auf den Thron käme.«

»Und wer von meinen Söhnen?«, fragte der König rau.

»Nun, Prinz Gram ist stark und tapfer. Prinz Helm ist das auch und außerdem ist er vernünftiger …«

»Aber Gram ist der Ältere«, sagte der König.

»Nun, Sire, Ihr müsst selbst bestimmen, wer von den beiden …«

»Wer von den beiden? Mir ist es gleich!«, sagte der König bitter. »Beide haben sie das Boot ins Meer gestoßen. Keiner von beiden hat etwas getan, um Tarne zu retten … Ich auch nicht, das ist wahr.«

So sprach er und bei dieser Meinung blieb er. Für seine Söhne hatte er kein gutes Wort mehr. Sein Reich war ihm egal.

Doch nach einiger Zeit wurden seine Untertanen unzufrieden, und sie verlangten, dass Gram oder Helm König werden sollte. Wenn Finbold keinen von beiden nennen wollte, dann sollten die Prinzen das selbst entscheiden. Und natürlich fingen Gram und Helm deswegen an zu streiten – so heftig, dass der König sie schließlich beide aus seinem Schloss verbannte.

»Solange Ihr Euch gegenseitig die Krone nicht gönnt«, sagte er, »behalte ich sie auf dem Kopf.«

Die Prinzen setzten ihren Streit fort und spalteten das ganze Land in zwei Lager. In diesem Bürgerkrieg zogen die beiden Brüder gegeneinander in den Kampf.

König Finbold in seinem Schloss musste hilflos mit anschauen, wie sein Reich in Blut und Feuer unterging.

»Das ist die Stunde, die Tarne vorausgesagt hat«, rief er voller Schmerz. »Oh, warum habe ich ihn aufs Meer geschickt? Ich sehe jetzt, dass er immer zwischen seinen Brüdern stand. Er war der Einzige, der sie vom Streit abhalten konnte.«

»Ich verstehe nun seinen Traum«, sagte Meister Santorna zitternd. »Besser vielleicht, als der arme Tarne ihn verstanden hat. Das Schwert war ein *Symbol* – es bedeutete: *Gier nach Macht!* Gram und Helm haben darum gekämpft, doch Tarne warf es ins Meer …« Dann fügte er hinzu: »Ich fürchte, Sire, dass das Schlimmste noch nicht geschehen ist. Prinz Tarne wagte nicht, seinen Traum ganz zu erzählen.«

Er bekam Recht. Das Reich war durch den Bürgerkrieg geschwächt und die Feinde nutzten ihre Chance. Sie versammelten sich und fielen gemeinsam in das Reich ein. Gram und Helm sahen nun ihren schrecklichen Fehler ein. Sie vergaßen ihren Streit, um gemeinsam gegen den Feind zu kämpfen. Doch es war zu spät. Sie wurden besiegt, und schließlich flohen sie zu der einzigen Burg, die noch stand: zu ihrem Vater.

König Finbold ließ sie, nachdem sie die Burg betreten hatten, gefangen nehmen und in Ketten legen. »Ihr habt Unheil über das Land gebracht«, sagte er. »Und Ihr seid nicht wert, weiter dafür zu kämpfen. Ich werde dieses letzte Bollwerk verteidigen bis zum Ende und dann zusammen mit meinem Reich untergehen.«

Dann ging er in den Thronsaal und befahl, seinen Harnisch und seine Waffen zu bringen. Doch Meister Santorna, der aus dem Fenster schaute, stieß einen Schrei aus.

Über das Meer, aus dem Westen, kamen viele Schiffe. Speere und Helme blitzten in der Sonne, an Bord befanden sich Kriegsmänner. »Die Seeräuber sind zurückgekommen«, rief er. »Wir sind verloren.«

Es waren nicht die Seeräuber, sondern Prinz Tarne und sein Gefolge. Niemand wusste jedoch, wer er war, als er seinen Fuß an Land setzte. Er war ein Unbekannter, der strahlende Anführer vieler tapferer Ritter und ihrer Soldaten. Mit seinem Heer stürmte er gegen Finbolds Feinde und brachte ihnen Schrecken und Verwirrung. Als der König das sah, versammelte er die Getreuen, die ihm noch geblieben waren, um sich und schloss sich dem Fremden an. Der unbekannte Ritter war der Befehlshaber der Schlacht, die nun folgte. Und in sieben Tagen waren alle Feinde vertrieben.

König Finbold ging zurück zu seiner Burg. Sein Reich war gerettet, aber es war geschunden und voller Wunden. Der König war müde und er hatte keine anderen Thronfolger als die Prinzen im Kerker.

Die Ritter, die sein Land befreit hatten, kamen zu ihm, doch ihr Anführer war nicht dabei. Sie wollten keine Dankesworte hören. »Wir haben nur getan, was unser Anführer uns befahl«, sagten sie.

»Wer ist er?«, fragte der König. »Und warum ist er nicht bei Euch?«

»Er will unerkannt bleiben«, antworteten die Ritter. »Er nennt sich Ritter ohne Erinnerung. Er steht jetzt am Strand und blickt über das Meer. In den Händen hält er sein Schwert, seinen einzigen Besitz. Und er weiß nicht, was er tun soll: hier bleiben oder mit uns ins Land am Ende der Welt zurückkehren.«

»Er soll hier bleiben!«, rief der König. »Ich befehle … nein, ich bitte ihn, zu mir zu kommen, damit ich ihm meinen Dank aussprechen kann.«

Und so betrat Prinz Tarne wieder die Burg seines Vaters. Niemand erkannte ihn in der Ritterrüstung. Er wurde mit großen Ehren empfangen. Von den Zinnen herunter wurden Hörner geblasen, alle Kriegsmänner standen vor ihm stramm und die Diener verneigten sich. Meister Santorna hieß ihn willkommen und führte ihn zum Thronsaal. Doch bevor sie dort ankamen, blieb der Ritter plötzlich stehen.

»Was höre ich da?«, sagte er. »Das Rasseln von Ketten? Rufende Stimmen?«

»Hochedler Herr«, sprach Meister Santorna, »das sind die Söhne des Königs, gefangen wegen Hochverrats.«

»Bringt mich zu ihnen«, befahl der Ritter.

Meister Santorna wagte nicht, dem mächtigen Kriegsherrn zu widersprechen. Er ging ihm voraus, die Treppen hinunter zum Kerker.

Gram und Helm erschraken, als sie ihn sahen. Der Ritter kniete sich jedoch vor sie hin und löste ihre Ketten. Er sprach kein Wort, sondern winkte ihnen nur, ihm zu folgen. Schweigend und erstaunt gehorchten sie ihm und Meister Santorna ging mit.

Im Thronsaal kam König Finbold seinem Gast entgegen. Er verlor nur für einen Moment die Fassung, als er seine Söhne sah.

»Ich habe sie freigelassen«, sagte der Ritter leise, mit unsicherer Stimme. »Ich … ich grüße Euch, Sire, und ich bin Euer Diener.«

»Ihr seid mein Retter und Wohltäter«, sagte der König. »Wenn Ihr es wünscht, gebe ich meinen Söhnen die Freiheit zurück.«

Gram und Helm verneigten sich vor dem Ritter. »Wir danken Euch«, begannen sie.

»Still!«, sagte der Ritter. »Bitte, sagt nichts.«

»Aber meine Krone soll keiner von beiden tragen«, fuhr der König fort. »Ritter ohne Erinnerung, lasst dies mein Dank sein! Ihr habt mein ganzes Vertrauen!« Feierlich nahm er die Krone von seinem Haupt und bot sie dem Ritter an.

Der wich zurück und rief: »Hört auf, hört auf! Erkennt Ihr mich nicht? Oh, Vater, das war es, was ich damals geträumt habe!«

»Verstehst du es jetzt?«, sagte der alte Mann. «Verstehst du, warum Prinz Tarne nicht wagte, seinen Traum zu erzählen?«

Das hatte er geträumt: dass er seine Brüder in Ketten fand und sie befreite, dass er vor seinem Vater stand und dieser ihm seine Krone anbot. Wie hätte er das je sagen können? Er hatte nie danach verlangt, König zu sein. Nun verstand er aber, dass er die Krone annehmen musste. Gram und Helm waren damit einverstanden. Welch ein Wiedersehen war das! Minuten der Freude, doch auch der Trauer, voller Dankbarkeit, aber auch voller Scham.

Tage später stand Tarne wieder am Strand. Er blickte den Schiffen nach, die seine Gefolgsleute zurückbrachten in den Westen. Neben ihm stand Meister Santorna. Tarne zog sein Schwert aus der Scheide und sagte: »Ich habe die Worte auf der Klinge verstanden. Nun werde ich tun, was Jungfrau Arvira mir gesagt hat, ich werde es wieder ins Meer werfen.«

»*König ist der, der mit mir kämpft*«, sprach Meister Santorna. »Nicht wer *um* mich kämpft, das haben Eure Brüder wohl gemerkt. Ihr habt gekämpft, *mit* diesem Schwert und *gegen* dieses Schwert, denn *mit* kann hier auch *gegen* bedeuten. Ja, Ihr dürft es ins Meer werfen, König Tarne.«

»König Tarne«, wiederholte der Junge. »In meinem Geschichtsbuch steht ein König Tarne. War es derselbe?«

»Das war er«, sagte der Ritter. Er lächelte den Jungen an und sagte: »Die Geschichte ist aus, ich muss gehen. Leb wohl.« Er sprang auf sein Pferd und ritt davon, schneller als der Wind.

Der Junge blickte ihm nach. »Wer ist er?«, fragte er. »Woher kommt er und wohin geht er?«

»Er kommt von vorgestern und er geht nach übermorgen«, antwortete der alte Mann. »Vielleicht ist es auch umgekehrt. Wer wird das sagen?«

»Aber wer ist er?«, fragte der Junge. »Ist er … war er … Prinz Tarne?«

»So ist es«, sprach der alte Mann. »Und ich bin Meister Santorna. Hast du die Geschichte verstanden?«

»Ja … nein … ich weiß es nicht. Warum habt Ihr mir sie eigentlich erzählt? Das alles ist vor langer Zeit geschehen. Wie kann es sein, dass Ihr und Prinz Tarne …«

»Ach, es war nur ein Traum«, sagte der alte Mann. Und plötzlich war er verschwunden.

Das tanzende Licht

Ein Leuchtturmmärchen

»Sag, Wächterlein,
willst du tanzen …?«

Wenn man die Karte des Reichs von Unauwen betrachtet, sieht man im Norden der westlichen Hafenstadt die Burg Iduna, von der so viele Geschichten erzählt werden. Südlich der Stadt, bei der Mündung des Weißen Flusses, kann man einen Leuchtturm sehen – den einzigen, der auf alten Karten angegeben ist, obwohl es auch andere Leuchttürme und Leuchtbaken gegeben hat. Vielleicht weil zu diesem Turm eine Geschichte gehört, auch wenn sie nicht groß ist und von manchen als Märchen bezeichnet wird.

Dieser Leuchtturm war einer der ersten wirklichen Türme, die gebaut wurden, in einer Zeit, in der es nicht nur gelehrte Baumeister, sondern auch Zauberer gab. Es *musste* ein Zauberer gewesen sein, der das glänzende Licht entworfen und mit Hilfe magischer Kräfte hergestellt hatte. Die Lampe selbst war nicht groß, aber um sie herum war ein Kunstwerk aus Glasprismen und Vergrößerungslinsen gebaut worden. Diese verstärkten und bündelten das Licht. Und dieser künstliche Juwel drehte sich mit Hilfe einer raffinierten Maschinerie, die nur einmal im Jahr mit einem speziellen Schlüssel in Gang gebracht wurde. Genau wie in früheren Zeiten musste der Leuchtturmwärter dafür sorgen, dass das Licht nachts immer brannte. Nur musste er nun viel dazulernen: wie die Maschinerie zu bedienen und notfalls zu reparieren war und wie man das Prisma um die Lampe herum durchsichtig und sauber zu halten hatte. Letzteres war seine Aufgabe für tagsüber. Nachts hielt er Wache und blickte von seinem Posten direkt unter der Lampe über das weite Meer. Der Turm sandte in langen und in kurzen Abständen seine Strahlen aus: im Rhythmus von Fußstapfen und von Herzschlägen. Jeder Seemann, der das runde Kap entlangfuhr, konnte den Turm von weitem erkennen.

Erst wurde er als Attraktion bestaunt, doch nach einiger Zeit ging das vorbei, denn man gewöhnt sich an alles. O ja, für die Seeleute blieb das Licht immer etwas Besonderes und Beruhigendes, aber sie sahen nur die Lampe und dachten nicht an den Turm. Doch einen Mann gab es, für den der Turm so viel bedeutete wie sein Leben, der für das Licht sorgte, der es bewachte und am Brennen hielt: der *Leuchtturmwärter*. Im Lauf der Jahre folgte einer dem anderen, jeder mit der gleichen Aufgabe. Die Leute erzählten einander spannende Geschichten über Entdeckungsreisende und Abenteuer mit Schiffen. Über die Leuchtturmwärter wurde nichts erzählt … außer wenn die Lampe plötzlich ausging und wieder angezündet werden musste oder wenn er bei der Wacht vor Sturm oder einer anderen Gefahr warnte. Dass es den Leuchtturmwärter gab, war selbstverständlich: Er machte das Licht bei Sonnenuntergang an und löschte es, wenn die Sonne aufging. Ansonsten wurde er meist vergessen.

Es ist immer dasselbe und doch wieder nicht, dachte der Leuchtturmwärter. Er liebte die Lampe und den verzauberten Juwel um die Lampe herum. Er putzte liebevoll das Kupfer und das Glas, er ölte rechtzeitig die Maschinerie und erfüllte treu seine Pflicht als Wächter. Dabei war er fast zufällig Leuchtturmwärter geworden. Er war Seemann gewesen, ein wilder, junger Mann, der viel erlebt hatte. Nach ein paar unangenehmen Arbeitsplätzen an Land war er zum Leuchtturmwärter gewählt worden. Nun konnte er immer seine zweitgrößte Liebe betrachten: das weite Meer im Westen. Doch er sehnte sich oft danach – vor allem, wenn er Schiffe über die See näher kommen sah –, wieder auszufahren wie früher. Dann schien auch der Turm unter ihm hin- und herzuschwanken, sogar wenn es nicht stürmte.

»Für die Seeleute bin ich nichts als ein flackerndes Licht in der Ferne, für sie gibt es mich nicht, keinen Turm … Und doch ist der Turm prachtvoll: zehn Stockwerke, mit Wendeltreppen von einem zum anderen.« Er wurde nachdenklich.

Wie lange war es her, dass er Seemann gewesen war? Eines Tages, an Land, hatte er sich verliebt und geheiratet. Er blieb verliebt in seine Frau und war es immer noch; deshalb war er eines guten oder bösen Tages nicht mehr ausgefahren. Er hatte sich für das Leben an Land entschieden, weil seine Frau das Leben mit einem Mann, der immer unterwegs war, nur schlecht aushielt. Außerdem waren Kinder gekommen, die sollten ihren Vater doch öfter als nur zweimal im Jahr sehen! Die Jahre waren vergangen, und er hatte nun eine Arbeit, die zu ihm passte, die etwas mit dem Meer zu tun hatte. Und in seinem kleinen, engen Guckposten, in vielen Nächten ohne Schlaf, war der einst so wilde junge Mann ruhiger geworden, fast ein Philosoph, denn er dachte viel nach. Doch nur in den Nächten. Tagsüber, in seinem Haus, war er ein gewöhnlicher Mensch: manchmal fröhlich, manchmal traurig und manchmal auch sehr launenhaft. Letzteres vor allem dann, wenn er schlecht geschlafen hatte, weil zu viele Leute in seinem Haus und um sein Haus gelärmt hatten. Das Haus war direkt an den Leuchtturm angebaut worden. Außer der offiziellen Zugangstür gab es noch eine zweite Tür zum Turm: eine Geheimtür von der Küche aus. Der Leuchtturmwärter benutzte sie oft. Seine Frau nicht, denn sie mochte den Turm nicht und ging nur selten hinauf. Sie fand es überhaupt nicht schön, einen Mann zu haben, der nachts so oft weg war und halbe Tage verschlief. Er hatte zwar eine Hilfe – einen jungen Mann, der ihm später vielleicht nachfolgen würde. Aber den Löwenanteil der Arbeit erledigte er selbst, vor allem bei schlechtem Wetter. Wenn seine Frau sich beklagte, sagte er nicht viel. Früher hatte er das getan, da war es oft zu lautstarken Streitereien gekommen. Nun sagte er nur: »Für dich habe ich die Seefahrt aufgegeben, ist dir das nicht genug?«

Doch das ist eine gewöhnliche Geschichte, wo bleibt nun das Märchen?

Irgendwann sahen die Seeleute, die die Küste südlich der Weißen Stadt entlangfuhren, etwas Seltsames … Sie erzählten es einander und sprachen an Land darüber. Der *Leuchtturm*, oder besser, die Lampe des allerschönsten Turms, war verändert. Zwar sandte sie noch Lichtstrahlen aus, aber ganz *unregelmäßig*, der Rhythmus veränderte sich immer wieder – mal lang, mal kurz, mal ruhig, mal wild. Viele Seeleute bekamen Angst, dass es plötzlich überhaupt kein Licht mehr geben würde; irgendetwas stimmte nicht, entweder mit der Lampe oder mit der Maschinerie. Der Rhythmus der Lichtstrahlen mochte schön sein, war aber zu eigenartig, als dass man den Signalen hätte vertrauen können.

Kapitäne und Bootsleute versammelten sich, sogar König Unauwen wurde informiert. Was war mit seinem verlässlichsten Leuchtturm los? Die Bewohner des nächsten Dorfes wussten es schon lange, aber sie schwiegen darüber. Solange das Licht brannte, war es doch egal, wie es das tat. Trotzdem konnten sie nicht verhindern, dass eine Reihe von Gelehrten und sogar ein großer Zauberer kamen, um die Lampe zu kontrollieren. Der Leuchtturmwärter musste sie selbst begrüßen, sie hinaufführen und höflich zu ihnen sein. Die hohen Herren untersuchten alles und stellten ihm hundert Fragen. Schließlich mussten sie jedoch zugeben, dass sie nichts finden konnten. Jedenfalls dachten sie das, als sie in die Hauptstadt zurückfuhren, um dort ihren Bericht vorzulegen: *»Die Regelmäßigkeit der Lichtstrahlen ist auf rätselhafte Weise verändert, doch ist die Lampe in Ordnung und auch zuverlässig.«*

Der Leuchtturmwärter seufzte tief, als sie weg waren, runzelte die Stirn, kratzte sich am Kopf und begann zu lachen. Es war ein heller, sonniger Tag, und er war hellwach, obwohl er jetzt eigentlich müde sein müsste.

»Heute Nacht werde ich wieder wachen wie früher«, sagte er zu sich, »und das Licht wird scheinen wie früher – Fußstapfen, Herzschlag, o ja!«

So war es auch und in der Nacht darauf ebenfalls. Die Seeleute auf dem Meer atmeten erleichtert auf. Sie wussten nicht, was geschehen war, und noch weniger, was geschehen würde.

Nein, sie wussten nicht, was im Turm noch geschehen würde. Der Leuchtturmwärter und seine Frau waren gewöhnliche Menschen und daraus werden Märchen.

Sie waren ein bisschen älter geworden; bis auf zwei kleine

Mädchen waren die Kinder groß und hatten das Haus verlassen. Einer war sogar Seemann geworden. Der Leuchtturmwärter war zufrieden mit seinem Leben, seine Frau nicht. Sie blickte in den Spiegel und dachte: Morgen bin ich alt. Sie lief durch das Haus und langweilte sich. Sie betrachtete die kleine Tür, die Zugang zum Turm bot, und begann sie zu hassen.

»Immer allein, erst als Seemannsfrau und nun als Frau eines Leuchtturmwärters. Andere gehen abends aus, aber er hat entweder Wache oder er ist zu müde und schläft. Nach meiner Hochzeit habe ich nie irgendetwas Verrücktes getan, etwas Fröhliches. Davor übrigens auch nicht, ich habe zu jung geheiratet. Nie war ich auf einem richtigen Fest. Immer musste er wieder auf See und später waren die Kinder da. Ich kann nicht mal tanzen! Er auch nicht. Alle können tanzen. Wir nicht. Und morgen ist es zu spät, da sind wir alt.«

Sie kaufte ein neues Kleid und sagte zu ihrem Mann, sie wolle auf ein Fest gehen. Jede Woche wurde im Dorfhaus getanzt.

»Ich habe Wache«, sagte er. »Und außerdem kannst du gar nicht tanzen.«

»Ich werde es lernen«, sagte sie. »Die Nachbarin ist so alt wie ich, sie bringt es mir bei. Sie geht auch hin, mit ihrem Mann, fast jede Woche. Und meine Mutter passt bestimmt auf die beiden Kleinen auf.«

»Tu, was du willst«, sagte er. »Aber lass mich in Ruhe. Tanzen! Es ist zu verrückt, um auch nur ein Wort darüber zu verlieren. Leuchtturmwärter tanzen nicht.«

Eine Woche später sagte sie: »Unsere Nachbarn wollen dir auch das Tanzen beibringen. Morgen Abend hast du doch frei. Gehst du mit?«

»Ich habe was Besseres zu tun! Ich arbeite an meiner Karte

der Seeströmungen. Tanzen ... In meinem Alter werde ich besser nicht kindisch.«

»Stell dich nicht so an. Schau!« Sie tanzte durch das Zimmer und plötzlich fühlte er sich in alte Zeiten zurückversetzt, war er wieder jung und verliebt. Er ging einen Schritt auf sie zu, doch sie lief davon, zum Schlafzimmer, und machte die Tür hinter sich zu. Sie kam erst wieder zum Vorschein, als ihre beiden jüngsten Mädchen von der Schule nach Hause kamen. Und nach dem Essen verließ er missmutig das Haus, um sich mit einem langen Spaziergang am Strand zu trösten. Er ging sehr weit; es wurde Nachmittag, der Himmel war dunstig und das Meer geheimnisvoll

Er meinte, Musik zu hören ... Stimmte es, was Entdeckungsreisende erzählten: Gab es weit hinter der Küste verzauberte Inseln? Und kam das Seevolk wirklich manchmal an Land, um in menschlicher Gestalt Musik zu machen? Er ging weiter.

Auf einem großen Stein saß ein Junge, oder besser gesagt, ein junger Mann. Das Wasser benetzte seine nackten Füße, doch das schien ihn nicht zu stören. Er spielte auf einer ganz gewöhnlichen Mundharmonika. Aber die Melodie klang ungewohnt ...

Einbildung!, dachte der Leuchtturmwärter. Er blickte den jungen Mann an. Wie alt war der? Fünfzehn oder fünfunddreißig? Sehr blass, mit langen, weißblonden Haaren und grünen Augen. Seine Kleider waren grün, grau und fahlweiß; eine Kette aus Muscheln hing ihm um den Hals. Trotzdem war seine Mundharmonika ein gewöhnliches Instrument, und das Zwinkern, das er dem Leuchtturmwärter zukommen ließ, war auch ganz gewöhnlich.

»Guten Tag«, sagte er. »Geht mal schnell zurück zu Eurem Turm und steckt das Licht an. Heute Nacht kommt Nebel auf. Bis bald.« Damit sprang er auf, lief davon und verschwand.

Woher weiß er, wer ich bin?, überlegte der Leuchtturmwärter, während er nach Hause lief. Nun ja, in unserem Dorf weiß jeder alles von jedem. Nur ich habe ihn nie gesehen. Ein seltsamer Kerl.

Nachts brannte das Licht wie immer und nichts Besonderes geschah. In der folgenden Nacht hielt der Lehrjunge Wache, doch für den Wärter selbst war es keine schöne Nacht; seine Frau lag weinend neben ihm und er machte kein Auge zu. Am nächsten Morgen versprach er ihr endlich, selbst tanzen zu lernen – ihr zuliebe ... Und sie durfte sich auch wieder ein Kleid kaufen, ein sehr schönes. Ach, er liebte sie so sehr, und sie war sogar noch immer schön, auch wenn sie nicht mehr so jung war ...

Er gab seinem Lehrling einen extra Lohn und den Auftrag, zusätzliche Wachen zu übernehmen. Die Nachbarn kamen und lehrten ihn tanzen. Jedenfalls versuchten sie das. Durch das viele Wachen war er ein bisschen schwerfällig geworden, schwerfällig wie ein schöner Bär. Trotzdem war er gelenkig genug, um alle Stufen der Wendeltreppe schnell und ohne große Mühe hinauf- und hinabzulaufen. Warum konnte er dann nicht tanzen lernen? Er tappte der Nachbarin auf die Zehen. Und immer wieder geriet er aus dem Takt, egal welche Melodie der Neffe der Nachbarin auf der Flöte spielte.

»Ich lerne es nie«, stöhnte er schwitzend.

»Aller Anfang ist schwer«, sagte seine Frau. Doch seine Zwillingstöchter, die aus dem Bett geschlichen waren, lachten ihn aus.

»Für heute Abend reicht es!«, rief er böse. »Trinken wir lieber was.«

»Aber ihr kommt doch auf das Dorffest?«, sagte der Nachbar. »Jeden Tag üben, Junge! Und die schwierigen Tänze lässt du einfach aus, so mache ich es auch.«

»Ja, ja«, antwortete er mürrisch. »Falls ich keine Wache habe.«

»Du musst mitgehen«, sagte seine Frau, als sie allein waren. »Alle Frauen gehen mit ihren Männern und die jungen Mädchen mit ihren Verlobten.«

»Natürlich gehe ich mit«, sagte er böse. »Glaubst du, dass ich dich allein gehen lasse, damit du mit fremden Männern tanzt? In dem Kleid, das du von meinem Geld gekauft hast? Da steig ich dir doch lieber selbst auf die Zehen.«

Er verstand nicht, warum sie nicht böse wurde und sogar lächelte. Am nächsten Tag hatte einer seiner Freunde, ein Schiffer, Geburtstag und war zufällig zu Hause. Also gab er abends ein Fest. Die Frau des Leuchtturmwärters zog ihr zweitschönstes Kleid an und sie gingen zusammen hin. Ihre Mutter passte auf die beiden Mädchen auf und der Lehrling hielt Wache. Viele junge Leute waren auf dem Fest, es gab genügend zu essen und zu trinken und es wurde getanzt, nach der Musik von mindestens drei Musikanten. Der Leuchtturmwärter blieb zunächst sitzen, trank ein paar Gläser und schaute zu. Er sah, wie elegant seine Frau tanzte, nicht nur mit seinem alten Freund, dem Schiffer, sondern auch mit verschiedenen jungen Männern, meist Seeleuten. Sie winkte ihm mit den Augen. »Kommst du jetzt auch?«

Er fasste Mut und bat sie um einen Tanz … doch nach drei Schritten war er schon aus dem Takt. Er dachte, dass alle

Gäste nach ihm schauten und ihn auslachten. Das führte dazu, dass er ihr auch noch auf den Zeh trat. Sie ertrug es tapfer und ließ sich nichts anmerken, auch wenn ihre Eleganz plötzlich verschwunden war. Doch er wurde, auch durch das Trinken, böser und böser. Mitten im Tanzen ließ er sie stehen und lief davon. Über die Schulter rief er dem Gastgeber zu: »Ich geh weg, ich muss zum Turm.«

Er tat, was er gesagt hatte; er ging nicht mal durch sein Haus, sondern durch den großen Eingang. Er stieg alle Treppen hinauf und fand seinen Lehrling eingeschlafen. Er rüttelte ihn wach, schimpfte ihn aus und entließ ihn auf der Stelle. Zu seinem Ärger war der Junge nicht einmal beleidigt. »Ich hatte ohnehin damit aufhören wollen«, sagte er. »Die Lampe brennt von alleine und es gibt hier nichts zu erleben. Das ist eine Arbeit für langweilige alte Männer, nicht für mich! Ich fahre wieder zur See; nächste Woche habe ich ein Schiff.« Er packte seine wenigen Habseligkeiten zusammen und rannte die Treppe hinunter – aus Angst, er könnte sonst hinuntergeworfen werden.

Der Leuchtturmwärter saß den Rest der Nacht in seinen schönen Kleidern auf dem Posten. Er hatte viel, worüber er nachdenken konnte. Als der Morgen anbrach, löschte er das Licht, füllte das Logbuch aus, machte sich am Waschplatz im untersten Stockwerk frisch und ging hinaus. Aber nicht nach Hause! Er frühstückte im Dorfwirtshaus und schlenderte dann am Strand herum. Später am Tag saß er bei seinen Freunden, den Fischern, in dem kleinen Hafen und bekam von ihnen ein paar Fische für eine Mahlzeit geschenkt. Er wäre noch länger bei ihnen geblieben, hätte er nicht ein paar junge Seeleute gesehen, die ihn spöttisch anblickten. Also ging er nach Hause, die Fische als Versöhnungsgabe in der Hand. Seine Frau empfing ihn kühl, doch sagte sie nichts, denn die Kinder und seine alte Schwiegermutter waren da. Sonst hätte sie wohl kräftig vom Leder gezogen. Seine Laune wurde immer schlechter.

Erst abends, nach dem Essen, begann sie damit: »Das verzeihe ich dir nie! Dass du mich zum Gespött gemacht hast. Und dass ich dann noch alleine nach Hause gehen musste!«

»*Du* hast mich zum Gespött gemacht. Ich will nicht tanzen und ich kann es auch nicht, verstehst du das?«

»Sehr gut. Aber ich will am Samstag trotzdem zum Fest ins Dorfhaus. Du hast versprochen …«

»Ich *kann* nicht, auch wenn ich wollte«, unterbrach er sie. »Ich muss Wache halten, in jeder Nacht. Meine Hilfe ist auf und davon und eine neue findet man nicht so schnell.«

»Oh, ich habe schon eine für dich«, sagte sie. »Du warst nicht zu Hause, also habe ich für dich gesprochen. Ein fremder Junge, aber meiner Meinung nach ein guter Leuchtturmwärter. Er hat angeklopft und wollte mit dir sprechen. Sein liebster Wunsch ist es, über das Meer zu schauen und Leuchtturmwärter zu sein. Er sieht selbst so aus wie ein bleiches, fahles Licht, mit einer Menge Haare, und sonst grau und grünlich. Mit Muscheln um den Hals. Nun ja, er wird heute Abend oder morgen kommen.« Sie drehte sich um und lief zum Kleiderschrank. »Also gehen wir am Samstag zusammen aus.« Sie holte ihr schönstes Kleid aus dem Schrank … aber da sprang er auf und riss es ihr aus der Hand.

»Nein!«, rief er. »Bestimmt nicht mit diesem Kleid von mir!« Er rannte zur Küche und durch die Tür, die zum Turm führte, und zog sie hinter sich ins Schloss. Er wusste, dass seine Frau auch einen Schlüssel hatte, also schob er auch noch den Riegel vor. Es war noch vor Sonnenuntergang – späte Sonnenstrahlen erleuchteten das unterste Stockwerk. Er sah den Garderobenhaken, auf dem sonst die Öljacke seiner Hilfe gehangen hatte, und hängte vorsichtig und ordentlich das Kleid darauf. Dann erstarrte er. Neben ihm erklang Musik … seltsame Musik … bekannte Musik.

Plötzlich stand der Jüngling vor ihm, mit seinen langen Haaren, die nun blassgrün und strähnig zu sein schienen. Um den Hals trug er seine Muschelkette, seine Füße waren nackt. Er lächelte und winkte mit seiner Mundharmonika. »Schön, dass ich Euch jetzt schon treffe! Ihr wisst bereits, was ich möchte?«

»Ja. Ja, aber … Wie bist du reingekommen?«, brach es aus dem Leuchtturmwärter heraus.

»Die Tür war offen.« Der Jüngling (oder war er vielleicht doch alt?) deutete auf die große Außentür.

»Das ist unmöglich. Die ist immer abgeschlossen.«

»Diesmal nicht.«

»Ich habe sie heute Morgen selbst abgeschlossen, als ich wegging …« Der Leuchtturmwärter rieb sich die Stirn. Hatte er es vielleicht wirklich nicht getan, nach diesem schrecklichen Abend und dieser Nacht? »Wer bist du, wie heißt du, wo sind deine Zeugnisse?«, fragte er rau. »Was weißt du vom Meer und von meiner Lampe?«

»Vom Meer mehr als Ihr, von der Lampe nur, dass sie die schönste der Welt ist. Aber um mit dem Anfang zu beginnen: mein Name! Nennt mich *Seebein.*«

»Seebein?«

»Ja. Einfach nur Seebein. Weil ich Seebeine habe. Mein

Zeugnis zeige ich keinem Sterblichen. Nehmt mich eine Woche auf Probe. Ich will Euch helfen und sogar Euer Nachfolger werden, vielleicht, wenn Ihr mal alt seid.«

»Wie alt bist du?«

Der andere gab keine Antwort. Er setzte die Mundharmonika an die Lippen und spielte eine kurze Melodie. »Eine Tanzmusik«, sagte er, als er fertig war. »Eine alte. Ich habe neue Worte dazu gemacht. Wollt Ihr sie hören?« Er begann zu singen, mit spöttischer Stimme und spöttischen, grünen Augen:

»›Sag, Wächterlein, willst du tanzen –
dann werde ich Euch was geben: Sehr viel!‹
›Aber nein‹, sprach da das Wächterlein,
›ich tanze nicht, so ist's nun mal.
Ich kann nicht tanzen, ich will nicht tanzen,
Tanzen ist meine Gewohnheit nicht,
Leuchtturmwärter, die tanzen nicht.‹«

»Woher weißt du das?«, begann der Leuchtturmwärter.

»Ich weiß mehr, als Ihr wisst«, unterbrach ihn der unbekannte Seebein.

Er winkte mit einer langfingrigen Hand. »Ich habe das Lied im Zweivierteltakt gespielt; aber ich kann es auch im Dreivierteltakt. Hört zu, Wächter, *ich kann Euch tanzen lehren*!«

»Das sagst du so, aber …«

»Nur *ich* kann es; ich weiß alles davon. In diesem Finger« – er hielt einen Zeigefinger hoch – »habe ich ein bisschen Zauberkraft. Und dann die Musik meiner Harmonika! Ich lehre Euch in einer Nacht tanzen oder notfalls in zwei Nächten. Höchstens in drei. Wirklich!«

»Wer bist du? Kein normaler Mensch. Ein Meermann oder so etwas?«

»Meermänner und Meerjungfrauen haben Schwänze, *ich* habe echte Beine, mit denen ich tanzen kann. Ich bin ein Mensch und ich will Leuchtturmwärter werden. Helft mir, lehrt es mich, dann bringe ich euch bei zu tanzen.«

Der Leuchtturmwärter schwieg. Es wurde ihm zu viel. Doch der alt aussehende Jüngling oder jung aussehende alte Mann war ihm nicht unsympathisch.

»Ich wusste gleich, dass wir uns noch einmal sehen würden«, murmelte er.

»Genau!«, sagte Seebein. »Und jetzt fangen wir gleich an. Mit dem Tanzen, meine ich. Die Sonne steht über dem Horizont, also braucht Ihr noch nicht hinauf. Wisst Ihr was? Wir werden nach oben tanzen, von Stockwerk zu Stockwerk. Und dazwischen erzählt Ihr mir alles, was ein Leuchtturmwärter wissen muss.«

Der Leuchtturmwärter bekam keine Chance, sich zu widersetzen. Seebein sprach weiter und nahm ihn am Arm. »Ein einfacher Tanz im Zweivierteltakt. Ich zähle laut; lauft mit mir mit. Tanzen ist eine besondere Art von Laufen. Los, Ihr habt doch ein Gefühl für Rhythmus. Wie könntet Ihr sonst das Meer lieben, mit all seinen Melodien! Also los! Eins, zwei, eins, zwei … Gut so! Tut, als wäre ich Eure Frau … ja, noch mal um ein Stockwerk herum … Was sind das für Taurollen und was ist in diesem Schrank?«

»Das Tau ist dafür da, Leute aus Seenot zu retten, und in diesem Schrank ist alles Mögliche … Reservelampen und

Verbandszeug, sogar eine Flasche Schnaps. Aber das weiß niemand.«

Der Leuchtturmwärter fühlte sich ein bisschen lächerlich, doch tanzte er trotzdem noch dreimal um den Raum.

»Jetzt gehe ich eine Treppe hinauf und spiele dort oben Harmonika. Im selben Takt; hört genau auf meine Musik. Tanzt dann noch ein bisschen hin und her und dann geht die Treppe hinauf, im selben Takt. Eins, zwei, eins, zwei …«

Seebein rannte hinauf und kurz darauf kam aus dem zweiten Stock seine Musik … Tanzen war ganz einfach, ja, fast schön. Der Leuchtturmwärter lief seinerseits die Treppe hinauf, blieb stehen und atmete tief ein.

»Erzählt mir was über den zweiten Stock. Vom ersten weiß ich übrigens noch nicht alles, auch wenn ich einiges gesehen habe. Erzählt! Danach werden wir noch einmal üben.«

»Lass mich eben zu Atem kommen, Seebein.«

So ging es weiter, tanzend und sprechend, höher und immer höher. Dem Leuchtturmwärter machte die Sache immer mehr Spaß, auch wenn es ihm langsam sehr warm wurde. Seebein sah weiterhin kühl aus und schien unermüdlich zu sein. Der fünfte Stock war so klein, dass er einen neuen Tanz probieren wollte, einen Rundtanz … »Kleine Schritte im Dreivierteltakt. Passt auf, dass Ihr nirgends anstoßt, das dürft Ihr auf einem vollen Tanzboden auch nicht. Denkt an Wirbelwinde … Nein, das ist zu wild, denkt an Strudel … Noch besser: an Kreise im Wasser, in das man einen Stein geworfen hat. Am besten: horcht auf meine Harmonika … Schaut nicht nach Euren Füßen, die müssen ihre Arbeit selbst tun. Rundherum und rundherum. Eins, zwei, drei, eins, zwei, drei …«

Kurz vor Sonnenuntergang waren sie oben. Im obersten Stock war der Guckposten: zu klein für einen Tanz; der zehnte Stock war für die Lampe. Keuchend steckte der Leuchtturmwärter sie an.

Seebein schaute ehrerbietig zu. »Großartig!«, sagte er nach einer Weile.

Doch der Leuchtturmwärter runzelte die Stirn. »Sie dreht sich zu schnell ... Nein, nun wieder nicht ... Doch! Das Licht blinkt anders als sonst.«

»Ich weiß, woran das liegt«, sagte Seebein. »Euch ist ein bisschen schwindlig vom Tanzen. Macht Euch keine Sorgen, man gewöhnt sich dran. Und nun, bitte, lasst mich Euer Lehrling sein! Hier fühle ich mich zu Hause.«

In der Nacht tanzten sie noch einmal die Stockwerke hinunter und wieder hinauf. Den Rest der Zeit erklärte der Leuchtturmwärter Seebein alles Mögliche – nur über das Meer brauchte er nichts zu erzählen; davon wusste sein Lehrling und Tanzmeister ebenso viel wie er selbst. Als der Morgen anbrach, sah Seebein noch genauso aus wie abends, nur der Leuchtturmwärter nicht. Der war todmüde und wankte die Treppe hinunter.

»Hier ist alles, was man brauchen könnte«, sagte Seebein, »Wasser und Eimer, eine Toilette, Töpfe mit Essen ...«

»Da auf dem Regal? Eingemachtes von meiner Frau.«

»Und ich habe einen Schwamm und Handtücher gesehen«, fuhr Seebein unbeirrt fort. »Und Decken, irgendwo oben. Und einen Schlafsack. Kann ich nicht tagsüber hier bleiben?«

»Doch, natürlich. Ich habe dir die Reinigungsmittel gezeigt. Du könntest ein bisschen Kupfer putzen und die Fenster sauber machen. Nur von dem Linsen-Juwel lässt du die Finger, bis ich es dir erklärt habe.«

»Gut«, sagte Seebein fröhlich. »Ich werde die Tür abschließen, bis Ihr kommt.«

»Die Tür ist abgeschlossen.«

»Nein.«

Der Leuchtturmwärter probierte es. Seebein hatte Recht. Der Schlüssel steckte im Schloss. Er drehte ihn um, zog ihn ab und steckte ihn in die Tasche.

»Nun schließt Ihr mich ein«, sagte Seebein vorwurfsvoll. »Ihr habt doch bestimmt einen Reserveschlüssel.«

»Ja. Aber wo er ist, wissen nur meine Frau und ich. Außerdem gibt es noch drei Schlüssel. Einer ist beim Bürgermeister, einer bei einem Freund von mir, im Fischereihafen, und einer in der Weißen Stadt, bei einem hohen Herrn, einem Leuchtturmkenner, einem Abgeordneten des Königs. Eine Art Aufseher, ich hoffe, ihn nie hier zu sehen! Was dich betrifft, so gebe ich dir erst einen Schlüssel und damit mein Vertrauen, wenn du eine Woche zur Probe gearbeitet hast. Und wenn du mich tanzen lehrst! Das war's!« Der Leuchtturmwärter gähnte. »Ich gehe nach Hause, ich bin fix und fertig.«

»Und das schöne Kleid?«, fragte Seebein. »Das gehört doch wohl nicht hierher?«

»Und ob das hergehört. Hänge es im obersten Stock auf und bewache es gut! Meine Frau bekommt das Kleid erst, wenn ich tanzen kann.«

»Ach ja.« Seebein runzelte die Stirn. »Dann muss der Riegel bestimmt wieder vor die kleine Tür geschoben werden? Oh! Ich bin auch müde! Und hungrig!«

»Ich werde dir gleich etwas zu essen bringen. Dreimal an die

Tür klopfen, das ist das Zeichen. Ach ja, und den Riegel vor. Bis gleich. Und danke.«

Der Leuchtturmwärter ging durch die kleine Tür in sein Haus. Seine Frau und die Töchter saßen beim Frühstück. »Guten Morgen«, sagte er, »ich möchte gerne ein Stück Brot mit irgendetwas drauf.«

»Mach es dir selbst«, sagte seine Frau kühl. »*Ich* tue es nicht. Pfui! Wie siehst du denn aus? Dein schöner Anzug ist zerknittert und du stinkst nach Schweiß. War es denn so heiß im Turm?«

»Du kannst es nicht wissen, Frau! Du weißt überhaupt nichts vom Turm. Ich glaube, dass du in all den Jahren nur zwei-, dreimal dort gewesen bist. Und auch das nur, weil ich es so gern wollte. Pfui, was hat ein Mann an so einer Frau?«

»Ich finde das Ding unheimlich. Außerdem bin ich keine Leuchtturmwärterin.«

»Nein, eine Tänzerin.«

»Halt den Mund … Und rasier dich gefälligst.«

Er antwortete nicht. Er schmierte ein Butterbrot und belegte es dick mit Speck und Käse. Vermutlich hält Seebein mehr von Fisch, überlegte er, aber na ja … Er packte das Brot in eine Tüte, zusammen mit einer Flasche Milch und ein paar Äpfeln. »Das ist für Seebein«, sprach er in die Stille. »Meine neue Hilfe. Er hat das Zeug zu einem guten Leuchtturmwärter. Er bleibt tagsüber im Turm, um sich daran zu gewöhnen und um das Kupfer zu putzen … Ja, es ist der Junge, der bei dir an die Tür geklopft hat, mit der Muschelkette.«

Er stand auf, ging zum Schlafzimmer, nahm den Reserveschlüssel vom Geheimplatz und setzte sich dann an den Tisch, um zu essen, auch wenn er keinen Appetit hatte. Die Kinder verließen das Haus, um zur Schule zu gehen, und seine Frau begann, den Tisch abzuräumen. Bevor sie anfing zu spülen, lief sie ins Schlafzimmer und kam wütend zurück.

»Du hast den Reserveschlüssel weggenommen, du Schuft! Ich weiß schon, warum!«

»Ach, du machst dir doch nichts aus meinem Turm.«

»Aber mein Kleid hängt dort.«

Er lachte. »Das bekommst du zurück, wenn ich tanzen kann.«

Sie gab ihm keine Antwort, sie warf nur einen Teller zu Boden.

Er stand vom Tisch auf und tippte dreimal an die kleine Tür zum Turm. Schnell steckte er Seebein seinen Proviant zu. Die Tür fiel ins Schloss, auf der anderen Seite wurde ein Riegel vorgeschoben.

»Wenn etwas Besonderes los ist«, sagte er, »ein Schiff in Not oder Feuer, eine Lampe, die nicht angehen will, dann weißt du, wo die anderen Schlüssel sind.« Er streckte sich. »Ich gehe ins Bett. Und noch etwas, Liebste, ich übe wirklich! Tanzen, meine ich.«

Er ging ins Schlafzimmer, zog seine Kleider aus und steckte seinen Kopf in die Waschschüssel. Fürs Rasieren war er zu müde, auch um seine Füße zu waschen. Seine Socken waren voller Löcher, kein Wunder, denn mitten in der Nacht hatte er, um keinen Lärm zu machen, auf Socken getanzt. Er zog sie aus, kroch ins Bett und fiel sofort in Schlaf.

Als er mittags aufwachte, war er ein wenig steif, aber gut ausgeruht. Er rasierte sich, zog einen alten Anzug und ein paar saubere Socken an und ging hinüber ins Wohnzimmer.

Dort saßen seine Frau, ihre Mutter und noch eine Freundin. Er grüßte, floh aus dem Haus, lief zur Tür außen am Turm und schloss sie auf. Sofort stand Seebein vor ihm, frisch und fröhlich. Er hatte ein Handtuch wie einen Schal um den Hals liegen. »Ich habe gegessen, geschlafen, geputzt und das Kleid nach oben gehängt«, erzählte er fröhlich. »Schön, dass Ihr mich holen kommt. Ich habe einen feinen Plan.«

Der Leuchtturmwärter ließ ihn heraus und schloss die Tür ab. Einen Schlüssel hatte er in der Tasche, doch wo sollte er den anderen verstecken?

Seebein erriet seine Gedanken und sagte: »Auf der Fensterbank eines Fensters im ersten Stock. Gerade hoch genug, dass niemand ihn sehen kann.«

Der Leuchtturmwärter tat, was Seebein ihm geraten hatte. Dann liefen sie den mit Felsen übersäten Strand entlang, weg vom Hafen, von der Flussmündung, von der bewohnten Welt.

»Hier hinunter!«, rief Seebein. »Eine ruhige Bucht und ruhiges Wasser. Da können wir schön schwimmen! Zieht Euch aus.«

»Schwimmen? Aber ich …«

»Ihr seid ein Seemann, Ihr könnt doch schwimmen, oder?«

»Nun, äh, ja … nein, nicht so, wie du meinst.«

Seebein lachte laut. »Dass ich Euch tanzen lehren sollte, fand ich ja noch ganz normal, wenigstens, als ich Eure Frau gesehen habe, aber schwimmen? Ein Leuchtturmwärter, ein alter Seemann, ein Fischerfreund, der nicht schwimmen kann! Nun ja, das werdet Ihr bald schaffen! Hier ist es nicht tief, Ihr könnt stehen, also braucht Ihr keine Angst zu haben. Schnell, Kleider aus und dann ins Wasser! Wir haben nur ein Handtuch für uns beide, aber das macht nichts.«

Bevor er lange nachdenken konnte, stand der Leuchtturmwärter neben Seebein im Wasser, nackt – die Kleider und das Handtuch lagen am Strand, mit einem Stein beschwert. Erst fand er es seltsam, dann wunderbar. Er planschte herum, lernte, wie er sich treiben lassen konnte. Und er lernte sogar ein bisschen schwimmen. Seebein überließ ihn manchmal sich selbst und schwamm wie ein Fisch, mehr unter dem Wasser als darüber. Ab und zu blieb er so lange unsichtbar, dass der Leuchtturmwärter ein bisschen unruhig wurde. Doch er tauchte immer wieder auf.

»Nun raus und anziehen«, sagte er nach einer Weile.

Der Leuchtturmwärter fühlte sich wie neugeboren. Als sie angezogen waren, setzten sie sich auf einen großen Stein und ließen sich noch ein bisschen von der Mittagssonne wärmen. Von ihrem Platz aus konnten sie den Leuchtturm sehen, der alles andere überragte.

»Ich erinnere mich genau, als er gebaut wurde«, flüsterte Seebein. »Jeden Tag ging ich hin und schaute zu. Und als das Licht zum ersten Mal brannte, feierten wir ein Fest.«

Der Leuchtturmwärter erschrak. »Das kann nicht sein! Der Turm ist vor über hundert Jahren erbaut worden.«

Seebein schüttelte etwas Sand aus seiner Mundharmonika. »Ach ja«, sagte er vage und begann zu spielen.

Der Leuchtturmwärter unterbrach sein Spiel. »Gib Antwort! Wie alt bist du?«

»Das geht Euch nichts an«, antwortete Seebein. »Älter, als Ihr glaubt, älter als Ihr. Fragt nicht weiter.«

»Du bist kein Mensch! Du bist einer vom Seevolk!«

Seebein blickte den Leuchtturmwärter vorwurfsvoll an.

»*Jetzt* bin ich ein Mensch, also will ich wie ein Mensch behandelt werden. Ich will Leuchtturmwärter sein. Ich bin ein Mensch. Beweise mir, dass es nicht so ist.«

»Nein«, flüsterte der Leuchtturmwärter. »Du bist es nicht wirklich. Aber ich finde dich nett, deshalb werde ich so tun, als wärest du ein Mensch. Mit zwei Beinen. Wie hast du das geschafft?«

»Ich gehöre nicht zum Volk der Meermänner und Meerjungfrauen! Mein Volk hat Beine und kann unter und über dem Wasser leben.«

»Und zaubern.«

»Nur ein bisschen«, sagte Seebein. »Nur die Seewesen von Kälte und Eis im Norden haben noch echte Zauberer. Aber jetzt fragt bitte nicht weiter.«

Der Leuchtturmwärter nickte. Ohne etwas zu sagen, liefen sie zurück.

Im Haus des Leuchtturmwärters wurden sie mit Schweigen empfangen. Die Frau sprach zwar mit Seebein, der natürlich mitessen durfte, aber nicht mit ihrem Mann. Außer den beiden Töchtern war auch ihre Mutter da. »Sie bleibt ein paar Tage bei uns.«

»Dann kann sie auf die Kinder aufpassen, wenn wir ausgehen«, sagte der Leuchtturmwärter.

Seine Frau warf ihm einen kalten Blick zu und sagte nichts. Seebein sorgte dafür, dass es doch noch ein bisschen gemütlich wurde. Er erzählte den beiden Mädchen alle möglichen Geschichten über das Meer und ferne Länder; ab und zu spielte er sogar auf seiner Mundharmonika. Die beiden hingen an seinen Lippen.

»Lasst mich fertig essen«, bat er schließlich. »Nachher muss ich wieder hart arbeiten. Der Leuchtturm wartet auf mich.«

»Es ist noch lange bis Sonnenuntergang, du beutest ihn aus, Mann!«, sagte die Frau des Leuchtturmwärters. Dann fuhr sie, an Seebein gewandt, fort: »Du kannst hier Kost und Logis haben, wenn du genommen wirst. Ich habe genug Zimmer, nun, da meine Kinder bis auf diese zwei aus dem Haus sind. Das schönste Zimmer ist für meine Mutter, aber du kannst Arjans Zimmer haben; nur wenn er mal ein paar Tage an Land ist und nach Hause kommt, werdet ihr es zusammen aushalten müssen. Es gibt noch ein Zimmer, das gehört meiner Tochter. Sie hat voriges Jahr geheiratet und lebt weit weg, in Unauwens Stadt. Doch wenn sie ihr Kind hat, kommt sie bestimmt für eine Weile her.«

»Vier Kinder also«, sagte Seebein.

»Nein, fünf … es gab noch einen Sohn, er wäre jetzt fünfzehn«, antwortete sie rau. »Er starb, als er drei Jahre alt war.«

»Wie traurig«, sagte Seebein und ließ den Rest seines Essens stehen. Dann fügte er hinzu: »Und doch ist tot nicht tot … ich meine, man lebt doch in Erinnerungen weiter und selbst das ist nicht alles: Menschen kommen doch in den Himmel und leben ewig, oder?«

»Das sagen die Priester«, murmelte der Leuchtturmwärter. Er stand auf. »Wer weiß denn, ob das auch wahr ist?«

»Nun, es ist vieles möglich«, sagte Seebein. Auch er stand auf. »Auch dass man zu Seeschaum oder einem Sandkorn oder zu einem Stück Musik wird, wer weiß?« Er wandte sich an die Frau des Leuchtturmwärters. »Danke für das Essen. Wir müssen jetzt gehen.«

Sie lächelte ihn an. »Ach ja, im Turm muss noch ein Kleid von mir hängen. Kannst du es mir schnell geben?«

»Heute nicht, aber vielleicht morgen«, antwortete Seebein mit einer Verbeugung.

»Geh noch nicht weg!«, riefen die beiden Mädchen im Chor.

»Wir müssen, das ist Arbeit und Pflicht«, sagte ihr Vater barsch.

»Immerhin sieht dein Mann jetzt wieder frisch aus«, sagte die Oma zu ihrer Tochter.

»Ein Bad im Meer«, sagte der Leuchtturmwärter.

»Wie gefährlich!«, rief seine Frau. »Jetzt geht, ich spüle ab. Aber du brauchst nicht zu glauben, dass ich deine Socken stopfe. Auf Wiedersehen, Seebein, und denke an mein Kleid.«

Es war noch hell im Turm.

»Warum redest du so viel?«, fragte der Leuchtturmwärter böse. »Und das Kleid …«

»Das bekommt sie doch, wenn Ihr tanzen könnt? Wir beginnen sofort. Nur – es tut mir Leid um das Kind, Euren verstorbenen Sohn.«

»Jede Trauer geht vorbei. Vielleicht habe ich deshalb aufgehört, zur See zu fahren. Hast du Kinder? Eine Frau?«

»Zwei Frauen. Mit jeder drei Kinder und noch ein Kind irgendwo anders.«

»Zwei Frauen gleichzeitig?«

»Ja, warum nicht?«

»Erzähle das niemandem, sonst kriegst du nie eine Anstellung. Zwei Frauen! Was für ein Zustand!«

»Bequem«, wies ihn Seebein zurecht. »Ihr Menschen hängt doch immer voneinander ab oder ihr seid eifersüchtig oder beides. Eifersucht ist etwas, was es bei uns kaum gibt, und wer sie hat, wird weggejagt. Meine Frauen haben einander zur Gesellschaft, und wenn sie sich langweilen, können sie sich einen Mann dazu nehmen.«

»Was für komplizierte Familienverhältnisse ihr haben müsst.«

»Das ist gar nicht so schlimm. Und wir leben lange, dreihundert oder mehr Jahre. Aber wir kommen nicht in den Himmel.«

»Woher weißt du das?«

»Kein Priester hat es uns je gesagt«, sprach Seebein. »Wir werden Sand oder Felsen oder Schaum auf den Wellen, vielleicht auch ein Fisch ohne Erinnerung. Deshalb essen wir niemals Fische, weil die mit uns verwandt sein könnten. Nur Krabben, Krebse und Muscheln … Aber ich rede zu viel. An die Arbeit! Ich habe geschworen, dass ich Euch tanzen lehre – wenn auch nur darum, weil Eure Frau das möchte und Ihr sie liebt. Ansonsten möchte ich Leuchtturmwärter sein. Seid bereit! Behaltet Eure Schuhe an, keine Löcher mehr in den Socken! Hört erst auf meine Stimme und mein Händeklatschen, dann auf die Musik. … Bei allen Walfischen: *Fußstapfen, Herzklopfen*, Wächter. Die verändern sich immer und sind ein Tanz. *Ja, tanz, Wächterlein, tanz!*«

An diesem Abend tanzte der Leuchtturmwärter besser und mit mehr Selbstvertrauen.
Lag das auch am Wind, der aufgekommen war, am Meer, das laut rauschte? Oder war es die Zaubermusik von Seebein, Mensch und doch nicht Mensch?

Nachts übten sie noch einmal.

Die Frau des Leuchtturmwärters drehte sich in ihrem einsamen Ehebett um und träumte, sie tanze auf eine ferne Mundharmonikamusik, aber nicht mit ihrem Mann, sondern mit Seebein. Als sie erschrocken aufwachte, hörte sie nur den Wind und das Meer, dieses verhasste Meer. Sie schlief wieder ein.

Nun war es still im Turm. Oben, unter der Lampe, sagte der Leuchtturmwärter besorgt: »Und es stimmt doch. Ich bin nicht müde und mir ist auch nicht schwindlig und ich sehe es genau: Die Lampe brennt anders als sonst! Das Licht blinkt unregelmäßig. Das tut es sonst nicht mal bei Sturm! Schau hin, Seebein.«

»Zweivierteltakt und Dreivierteltakt ... langsam, schnell, nun ein schneller Dreivierteltakt ... und jetzt wieder Zweivierteltakt ...«, sagte Seebein leise. »Der Rhythmus eines Wechseltanzes.«

»Deine verzaubernde Meermusik?«

»Unsinn, Leuchtturmwärter. Die Lampe ist von Zauberern gemacht, prachtvoll und sensibel. Natürlich nimmt sie jeden Rhythmus an, auch den eines Tanzes.«

Am nächsten Morgen frühstückten sie beim Leuchtturmwärter und schliefen dann beide; Seebein im Zimmer des Sohnes. Doch der Turm blieb abgeschlossen und die Leuchtturmwärtersfrau konnte ihr Kleid nicht holen. Sie suchte Trost bei ihrer Mutter und setzte ihre Hoffnung auf Seebein. Zu ihrer Enttäuschung zog der mittags los, zusammen mit ihrem Mann.

»Erst die Lampe putzen, dann im Meer schwimmen«, rief dieser. Und dann flüsterte er noch: »Gib Seebein keinen

Fisch, auch nicht am Freitag! Er isst nur Krabben und Krebse und so was.«

»Ein teurer Kostgänger«, sagte die Mutter, als die beiden verschwunden waren. »Ich traue diesem Seebein nicht über den Weg, meine Liebe. Er ist zu blass und seine Augen sind zu grün. Und dann dieses Schwimmen! Er könnte leicht einer vom Seevolk sein und deinen Mann unter Wasser ziehen. Und es wäre doch schade, selbst um diesen unbequemen Menschen!«

Die Frau des Leuchtturmwärters hatte keine ruhige Minute, bis die beiden wieder nach Hause kamen.

Das war ziemlich spät. Denn als sie auf dem Heimweg durch den Hafen liefen, sagte Seebein: »Schaut mal, hier ist ein Laden mit allen möglichen Dingen aus fernen Ländern. Kaufen wir was für Eure Frau. Kauft etwas. Passend zum Kleid.«

Das war schwarz, rot, rosa und gelb und hatte einen tiefen Ausschnitt.

»Ohrringe«, sagte Seebein. »Ohrringe, die mittanzen, wenn sie tanzt. Eine Kette für ihren weißen, schlanken Hals und eine Spange für ihre schwarzen Haare.«

»Ihr Haar wird langsam grau«, murmelte der Leuchtturmwärter. »Nun ja, ich selber habe fast keine Haare mehr …« Er war einverstanden. Zusammen suchten sie Schmuck aus, der zum Kleid passte: rosa und rot, Korallen, Katzengold und schwarzer Bernstein. Der Leuchtturmwärter bezahlte und steckte alles in seine Taschen.

Als sie zu Hause bei Tisch saßen, waren nur Seebein und die beiden Mädchen gesprächig. Sofort nach dem Essen gingen die beiden Männer zum Turm. Seebein zwinkerte der Frau zu, doch gleich danach hörte sie, wie der Riegel der kleinen Tür hinter ihm und ihrem Mann zugeschoben wurde.

»Du hast das Kleid nach unten geholt«, flüsterte der Leuchtturmwärter empört. »Wie, wann und warum …«

»Morgen ist das Fest im Dorfhaus, da müsst Ihr tanzen können. Und Ihr könnt tanzen, das hat sogar die Lampe bewiesen.« Seebein machte ein ernstes Gesicht. »Die Sonne scheint jetzt noch durch die Fenster, und wenn es dämmert, stecke ich in jedem Stockwerk die kleinen Lämpchen an. Und Ihr tanzt gleich wieder hinauf … Nicht allein, nicht mit mir, sondern mit Eurer Frau!«

Der Leuchtturmwärter starrte ihn sprachlos an.

»Ihr müsst mit ihr üben«, fuhr Seebein fort. »Geht nach Hause, kämmt Euch die Haare und zieht Euch saubere Socken an. Versprecht Eurer Frau ihr Kleid und einen Tanz und klopft dreimal an die Tür. Gebt mir zehn Sekunden, um den Riegel zurückzuschieben und nach oben zu gehen. Dort werde ich unsichtbar spielen. Und Ihr, Ihr lasst sie das Kleid anziehen, gebt ihr Eure Geschenke und ladet sie zum Tanz ein. Ja, Ihr sollt mit ihr tanzen, von unten nach oben. Mit Vergnügen und ohne ihr auf die Zehen zu treten. Sie mit neuen Ohrringen und ohne Angst vor dem Turm. Nach oben, zum Licht.«

Es geschah so, wie Seebein es wollte. Die Frau hatte sich herausgeputzt, um der Nachbarin einen Besuch abzustatten, ihre Mutter brachte die beiden Mädchen zu Bett.

»Ist das eine feste Verabredung?«, fragte er.

»Ja, nein … Ich will nur nicht immer alleine herumsitzen.«

»Vergiss deine Mutter nicht«, wies er sie zurecht. »Aber gut, vor Sonnenuntergang habe *ich* eine Verabredung mit dir. Morgen ist das Fest im Dorfhaus. Heute, sofort, werde ich dir beweisen, dass ich tanzen kann.«

Keine zehn Minuten später standen sie sich gegenüber, im ersten Stock des Leuchtturms. Sie wehrte sich noch immer, während er lauschte, ob er Seebein hörte.

»Wo ist Seebein?«

»Ich habe ihn weggeschickt, etwas erledigen. Du siehst hübsch aus, aber …«

»Mein Kleid! Da hängt mein Kleid.«

»Ja, natürlich. Zieh es an. *Zieh es an*, sage ich! Hier ist ein Spiegel und die Kerze brennt. Ich möchte nur üben, wenn du das Kleid anhast.«

Sie zog das eine Kleid aus und das andere an, dann machte sie sich vor dem Spiegel zurecht. Er griff in seine Taschen und holte die Geschenke heraus. Er hängte ihr selbst die Kette um. »Mach du die Spange rein und die Ohrringe. Vergiss die Ohrringe nicht! Die tanzen, wenn du tanzt.«

»Woher weißt du das?«

»Von Seebein. Frag mich nicht, wer er ist, wo er ist. Tanz mit mir, du bist so schön. Und alles ist gefegt und aufgeräumt, wir haben Platz genug.«

»Aber keine Musik.«

»Wir können singen und auf das Meer hören und auf unseren Herzschlag. Vielleicht bekommen wir dann auch Musik.« Er machte eine ungeschickte Verbeugung. »Eins, zwei, drei, eins, zwei …«, begann er.

Verwirrt und zärtlich ging sie darauf ein. Erst bewegten sie sich steif, auch wenn er laut zählte, dann drang der mitreißende Rhythmus einer Musik in ihre Ohren. Und plötzlich ging es gut. Sie tanzten dreimal durch das unterste Stockwerk. Die Wangen der Frau röteten sich und die Ohrringe tanzten mit. Dann trug er sie die Treppe hinauf und sie tanzten auf dem zweiten Stock weiter, im Licht einer kleinen Lampe in der späten Sonne. Das Meer war selbst durch die geschlossenen Fensterläden noch zu hören, außer wenn es von der Musik übertönt wurde. Sie keuchten beide ein wenig.

»Jetzt ganz langsam, um uns auszuruhen«, sagte er. Er trat ihr kein einziges Mal auf die Zehen. »Und jetzt schnell, noch immer im Zweivierteltakt … das kannst du besser.«

Die nächste Treppe liefen sie gemeinsam hinauf, genau im Takt, und er hatte die Hand um ihre Taille gelegt. So tanzten sie fast unmerklich von Stock zu Stock. Einmal lehrte sie ihn den Rest einer Figur, von der er nur den Anfang gelernt hatte, und er konnte es sofort. Als sie höher kamen, zwang die Musik sie, sich im Dreivierteltakt zu drehen. Und vom Viervierteltakt lernte er auch etwas Neues: Sie tanzten fröhlich eine Polka.

Dann kamen sie in den kleinen neunten Stock, wo gerade die Lampe über ihren Köpfen angesteckt worden war. Seebein wartete lächelnd auf sie. »Jetzt ein bisschen ausruhen und das Meer betrachten«, sagte er. »Und etwas trinken …« Er zauberte drei irdene Krüge herbei und schenkte ihnen ein. »Warten, abkühlen. Dann dürft Ihr hinuntertanzen. Schön ist es hier, nicht wahr? Eine Frau mit Ohrringen! Kann Euer Mann tanzen oder nicht?«

»Ja!«, antwortete sie, noch ein wenig außer Atem. »Seebein! Wer bist du?«

»Ein Leuchtturmwärterlehrling mit einer Mundharmonika, mehr nicht.«

»Die Lampe!«, rief der Leuchtturmwärter. »Schaut! Schaut! Das Licht ist wieder anders als sonst. Ich hatte Recht …«

»Ja, natürlich«, sagte Seebein. »Das Licht tanzt … Im Zweiviertel-, Dreiviertel-, Viervierteltakt. Mal schnell, mal ruhig. Es tanzt. Und es leuchtet. Was erwartet Ihr von einer Lampe, die durch Zaubermacht entstanden ist? Natürlich tanzt das Licht, sobald jemand im Turm tanzt. Herzschlag und Fußstapfen sind doch veränderlich. Macht Euch keine Sorgen, das Licht brennt und es wird nicht erlöschen.«

»Jetzt ist es wieder ganz normal«, sagte der Leuchtturmwärter nach einer Weile.

»Natürlich«, antwortete Seebein. »Aber ich weiß nicht, was passieren wird, wenn Ihr hinuntertanzt. Denn das müsst Ihr tun. Ich werde spielen und Wache halten.«

»Ich möchte mich selbst daheim im großen Spiegel sehen«, flüsterte die Frau.

Und dann will ich dir das Kleid ausziehen, dachte der Leuchtturmwärter.

Seebein lächelte. »Natürlich schlaft Ihr heute Nacht zu Hause. Ich habe fast ausgelernt, ich halte Wache. Morgen früh wecke ich Euch fürs Frühstück.«

»Mit dreimal Klopfen an die Tür«, warnte der Leuchtturmwärter.

»Und keinen Riegel mehr«, sagte seine Frau.

Sie lachten. Später tanzte das Ehepaar hinunter; Seebein blieb oben und spielte auf seiner Harmonika.

Und das Licht in dieser Nacht? Es tanzte und tanzte.

Viele Seeleute sahen es und machten sich Sorgen: »Die Lampe des schönsten Leuchtturms hat sich verändert. Das Licht blinkt unregelmäßig, mal lang, mal kurz, mal ruhig, mal wild, in einem Rhythmus, den wir nicht verstehen …«

Der Leuchtturmwärter ging mit seiner Frau zum Fest im Dorfhaus. Dort tanzten sie zusammen und dachten nur aneinander. Sie merkten nicht, dass alle anderen Gäste still wurden und sie anschauten. So hatten sie noch nie zwei Menschen tanzen gesehen. Und der Leuchtturmwärter und seine Frau? Die fanden alles nach ihrem Tanzen im Turm langweilig … Sie gingen also früh nach Hause und tanzten in der Nacht wieder im Turm, während Seebein spielte und Wache hielt.

Die meisten Dorfbewohner vermuteten etwas, aber sie sprachen nicht darüber. »Die Lampe brennt, was will man mehr?«

Auch die Mutter der Frau sagte nichts, zumindest nicht außer Haus. Drinnen hatte sie sehr wohl etwas zu sagen: »He, endlich wieder gute Freunde, und das alles nur durch ein paar Tänzchen, ein Kleid, ein bisschen Schmuck … Nun ja, ich bin überzeugt davon, dass dieser Seebein kein gewöhnlicher Mensch ist, aber trotzdem ist er ein guter Junge.«

Inzwischen versammelten sich die Seeleute, Reeder und Kapitäne; sogar dem König kam die Sache zu Ohren. Eine Kommission von Gelehrten und hohen Herren wurde zum Turm geschickt, um die Lampe zu kontrollieren.

Der Leuchtturmwärter empfing sie persönlich, allein, denn Seebein hatte sich an diesem Tag freigeben lassen und das hatte er sich redlich verdient … Es ist bekannt, was passierte: Die gelehrten Herren konnten keinen Fehler feststellen. *»Die Regelmäßigkeit der Lichtstrahlen ist auf rätselhafte Weise verändert, doch die Lampe ist in Ordnung und auch zuverlässig.«*

Der Leuchtturmwärter seufzte erleichtert, als sie weg waren. An diesem Abend tanzten sie nicht, denn Seebein war nicht da, also gab es keine gute Musik. Die Lampe schien normal. In der nächsten Nacht war es dasselbe, denn Seebein kam nicht zurück.

Der Leuchtturmwärter und seine Frau machten sich Sorgen. Ob er vielleicht überhaupt nicht mehr zurückkehrte? Sollten sie nun etwa ewig ohne Musik tanzen? Jedenfalls solange es noch ging, denn so jung waren sie schließlich auch nicht mehr. Und den Turm hinauf waren es sehr viele Treppen.

Seebein kam nach drei Tagen zurück. »Ich musste zwei Frauen zufrieden stellen«, sagte er entschuldigend. »Für jede einen Tag und eine Nacht. Und dann waren da noch die Kinder … Wir Seewesen wissen, was Liebe ist, auch wenn wir nicht so aneinander hängen wie ihr Menschen oder so seltsame Streitereien veranstalten. Still! Ja, Mann und Frau, ich erzähle es jetzt geradeheraus: Ich bin ein Geschöpf des Meeres. Aber ich werde Mensch bleiben, solange Ihr lebt …«

»Und wer wird mein Nachfolger?«, brach es aus dem Leuchtturmwärter hervor. »Mein Sohn will es nicht und ich …«

»Oh, ich habe einen guten Nachfolger gefunden«, unterbrach ihn Seebein. »Ein wirklicher Mensch, und dazu, was noch besser ist, ein alter Seemann mit einem Holzbein. Fahren kann er nicht mehr, Treppen steigen schon, wenn auch langsam. Tanzen wird er nie, fürchte ich. Tanzt Ihr also, solange es geht, selbst wenn Ihr es nur zu ebener Erde schafft. Der Seemann kann mein Zimmer haben, ich schlafe im Turm …« Er hob die Hand. »Sagt nichts.«

»Doch«, sagte die Leuchtturmwärterfrau. »Du bist ein Wunder, du bist unser Glück, wir lieben dich.«

»Ich will jetzt keine Menschenworte benutzen. Und ich glaube an einen Himmel, wo immer er sein möge, wo alles tanzt, so wie das Blut in unserem Kopf manchmal tanzt, so wie die See schaukelt, so wie … Ach, ich weiß es nicht. Tun wir es einfach! Und wenn Ihr tanzen wollt, spiele ich auf meiner Mundharmonika, die von Menschen erfunden worden ist. Wusstet Ihr das?«

Sie tanzten noch jahrelang, auch wenn sie später nicht mehr die Treppen hinaufkamen. Der Leuchtturmwärter überließ seine Arbeit dem treuen und verlässlichen Seebein. Der Seemann war ein guter Stellvertreter, auch wenn er vom Tanzen nichts verstand.

Sie wurden alt, der Leuchtturmwärter und seine Frau. Er war nun endlich in Pension. All ihre Kinder waren außer Haus, einige von ihnen hatten bereits selbst Kinder, die »Oma« und »Opa« sagten.

Irgendwann konnten sie nur noch ein paar Schritte tanzen, ansonsten blieb ihnen die Erinnerung, während sie Seebeins Musik lauschten. Die blieb immer gleich und Seebein auch. Er schien nicht älter zu werden.

»Das liegt daran, dass wir jahrhundertelang leben«, erzählte er einmal. »Versteht Ihr jetzt, dass ich bald wegmuss? Ich würde sonst nur Verwunderung, Argwohn und Aberglauben hervorrufen.«

Als der alte Leuchtturmwärter starb, blieb Seebein im Turm. Treu besuchte er die Frau, die nun bei ihrem Sohn, dem Bootsmann, lebte. Das Haus am Leuchtturm gehörte nun dem Seemann, dessen Schwester und Seebein, dem Oberwärter, doch der war fast nie da. Die Frau des früheren Leuchtturmwärters starb ein Jahr nach ihrem Mann und nach ihrer Beerdigung verschwand Seebein und wurde danach nie mehr gesehen. Wohl aber hörte man oft noch seine Musik.

Der Seemann folgte ihm als Leuchtturmwärter. Zum Glück hatte er Seebein und das tanzende Leuchtturmwärterpaar eine Weile gekannt und außerdem war er Seemann und Lampenwärter … er bekam also nicht so schnell Angst vor Geistern und Spukgestalten. Sehr oft hörte er das Trappeln von zwei Paar Füßen auf dem Fußboden aller Stockwerke des Turms, die Treppe hinauf, die Treppe hinunter, und er hörte auch Musik.

Der Leuchtturmwärter, der nach ihm kam, hörte es ebenfalls.

Und immer tanzte das Licht des Leuchtturms auch, tanzte mit im Rhythmus.

Das Licht und die Geschichte, die dazugehört, wurde außerhalb des Turms und außerhalb des Dorfs bekannt. Der Leuchtturm erhielt einen neuen Namen, der bald jedem Seemann vertraut war: *»Der Turm mit dem tanzenden Licht.«*

Erst Jahrhunderte später, als der Turm umgebaut und die Lampe modernisiert worden war, tanzte das Licht nicht mehr. Das war schon eine Zeit ohne Zauberer und ohne den Glauben an Wunder.

Das Messer

Ein Geistermärchen

1

Wind wehte durch die tausend Säle des alten Schlosses, pfiff durch Gänge, heulte durch die Schornsteine, seufzte auf den Treppen. Immer klapperte irgendetwas irgendwo. Es war kalt in den tausend Sälen, kalt und leer. Denn die Möbel waren verschwunden, die Wandteppiche hatten sich aufgelöst. Sogar die Ratten waren aus den Kellern und Grüften geflohen. In den Gewölben gab es noch Spinnweben, aber keine Spinnen mehr. Nur eine einzige Fledermaus war dageblieben. Tagsüber hing sie meist an einer eisernen Stange in einem längst erloschenen Kamin, nachts flatterte sie hinaus, flog an den Fenstern vorbei und kreiste um die Türme …

Die Prinzessin war auch noch da, aber sie wusste nicht genau, ob sie noch lebte oder schon tot war. Sie empfand weder Hunger noch Durst, aber sie zitterte immer vor Kälte in ihren verschlissenen Kleidern. Sie saß auf einem ordentlichen Teppich, dem einzigen, der nicht völlig verbraucht oder verschwunden war. Manchmal betrachtete sie ihn und dachte: Bin ich wirklich mal mit tanzenden Füßen über ihn gelaufen, ich, die Herrin des Schlosses? Jetzt streife ich manchmal durch die tausend Säle, bleibe vor irgendeinem Fenster stehen und warte – auf was, weiß ich selbst nicht. Draußen sehe ich nur den wilden Strom und kahle Hügel unter einem leeren Himmel. In den zerbrochenen, von der Feuchtigkeit beschlagenen Scheiben sehe ich verschwommen mein Ebenbild. Bin ich noch schön? War ich wirklich eine Prinzessin oder bilde ich mir das nur ein?

Und wenn die Fledermaus abends hinausflatterte, dachte sie: Die letzte. Wenn die verschwindet, werde ich auch verschwinden.

Ab und zu fand sie die Fledermaus morgens nicht im Schatten des Kamins, wo sie meistens hing, aber in der Abenddämmerung war sie wieder da, so dass die Prinzessin ruhig schlafen gehen konnte. Obwohl ihr Schlafen wie Wachsein erschien, Wachsein wie Träumen. Immer in diesem leeren, kalten Schloss …

2

Der Spielmann trug einen schwarzen Mantel mit Kapuze. Die Kapuze warf einen Schatten über sein Gesicht, das im flackernden Licht der Fackeln nur undeutlich zu sehen war. Aber seine Stimme war klar und klangvoll, mit einem fremden Akzent, und alle hörten ihm zu. Der König und sein Gefolge vergaßen sogar manchmal die Speisen auf ihren Tellern. Nur der Prinz blieb düster und abwesend. Er hatte sein Essen nicht angerührt. Das Omelett war kalt und zusammengefallen, die Soße um das Fleisch herum gestockt.

Der König stieß ihn an. »Hör doch zu!« Dann rief er dem Spielmann zu: »Erzähle etwas Unheimliches, etwas Beängstigendes. Nur für meinen Sohn, der schon seit Tagen trauert, der nicht auf Feste und nicht auf die Jagd gehen möchte. Er will nicht mal essen. Und das alles wegen einer Jungfrau!«

Der blasse Prinz wurde rot vor Zorn und im Saal wurde es still. Der Spielmann breitete die Arme aus, so dass er einen Moment lang aussah wie eine riesige Fledermaus. Dann ließ er die Arme sinken und begann:

»Habt Ihr einmal von dem Spukmesser gehört, dem Spukmesser, das unsichtbar durch die Welt reist? Wenn es auf seinem Weg einen Menschen trifft, durchbohrt es ihn. Derjenige, dem das passiert, fühlt dann eine eiskalte Schärfe durch sein Herz schneiden und manchmal kann er dann das Messer sogar sehen – schimmernd schwebt es durch die Luft, die Schneide scheint aus Silber zu sein, der Griff aus Gold. Wer von diesem Messer durchbohrt wird, vergisst seine Liebste; wer das Messer auch noch sieht, will ihm nur noch folgen, es packen, es besitzen! Doch das Spukmesser lässt sich nicht packen. Man sagt, es sei auf dem Weg nach … nach dem Ort, von dem es kommt, und es gibt nur einen, der weiß, wo das ist …«

Der Spielmann schwieg. Der Prinz war aufgestanden. »Ist das eine wahre Geschichte?«, fragte er. »Wo ist das Messer? Ich möchte, dass es mich durchbohrt, dann würde ich sie wenigstens vergessen. Sie, die mich verraten hat …« Er blickte den Spielmann an. »Sie hat gesagt, dass sie mich liebt«, flüsterte er, »aber das war eine Lüge. Wo finde ich das Messer, Spielmann?«

»Das weiß ich ebenso wenig wie Ihr«, antwortete der Spielmann. »Wer in die Welt zieht, wird es vielleicht treffen.« Er drehte sich um, als wolle er gehen.

Der Prinz lief auf ihn zu. »Wartet! Ihr müsst mir mehr erzählen.«

»Ich habe schon genug erzählt«, sagte der Spielmann über die Schulter. »Habe ich Euch nicht zum Zuhören gebracht, wie Euer Vater es wünschte? Wir werden uns bestimmt wieder sehen, Prinz.«

Mit schnellen Schritten verließ er den Saal, gefolgt vom Prinzen.

»Mein Sohn hat aber auch immer was!«, rief der König zornig und besorgt. »Voriges Jahr wollte er unbedingt in die weite Welt und sein Glück suchen. Die Jungfrau, die er fand, gab ihm einen Korb und er kam wie betäubt und niedergeschlagen zurück. Nun werdet ihr sehen, dass er wieder in die weite Welt hinauswill, hinter dem Spukmesser her. Aber das werde ich ihm verbieten!« Er winkte seinen Dienern. »Folgt ihm und bringt ihn zurück! Schnell!«

Doch als die Diener aus dem Tor traten, war der Prinz schon zu weit weg, um ihn einzuholen. Und noch weiter, hoch in der Luft, sahen sie eine Fledermaus, die schnell ihren Blicken entschwand.

3

»Es gibt ein Spukmesser, das unsichtbar durch die Welt reist«, sagte der Prinz laut. Er saß an einem schwelenden Feuer unter einem kahlen Baum und wartete, bis der Mehlfladen fertig war, den er unter der heißen Asche vergraben hatte. Er hatte das Schloss ohne Vorräte und ohne warme Kleidung verlassen, aber an seiner Halskette hingen Juwelen und in dem Ring an seinem Finger saß ein kostbarer Stein. Davon hatte er sich einen Mantel und Stiefel kaufen können und jeden Tag etwas zu essen. Denn wie sehr er das Leben auch hasste, er wollte es behalten, bis er das *Messer* treffen würde, das jeden durchbohrt, den es trifft …«

»Was erzählt Ihr für eine seltsame Geschichte?«, unterbrach ihn eine Stimme. »Und wem?«

»Mir selbst«, sagte der Prinz und blickte auf.

Vor ihm stand ein Mann in einem dunklen Mantel, der breite Rand seines Hutes warf einen Schatten auf sein Gesicht. »Erschreckt nicht«, sagte er. »Ich bin ein Reisender, genau wie Ihr.«

»Warum sollte ich erschrecken?«, fragte der Prinz. Er stach mit einem Zweig in den Mehlfladen. Der war gar. »Esst mit mir, Reisender!«

Der andere setzte sich zu ihm. »Ich danke Euch. Es ist lange her, dass mich jemand zum Essen eingeladen hat, auch wenn ich früher mit Fürsten getafelt habe.«

»Es tut mir Leid, dass ich keinen Wein dazu einschenken kann«, sagte der Prinz. »Aber im Fluss ist Wasser genug.«

Der Reisende fragte: »Führt Euer Weg stromaufwärts oder stromabwärts?«

»Ich reise, wie es mir mein Herz eingibt«, antwortete der Prinz kurz.

Sie aßen schweigend. Dann sagte der Reisende leise: »Ihr spracht vom Spukmesser. Ich habe auch davon gehört. Unsichtbar. Aber wer es trifft, fühlt es wie Eis durch sein Herz schneiden, eine Ahnung vom Tod …«

»Und dann das Vergessen …«, flüsterte der Prinz.

»Ihr vergesst die Liebste, aber Ihr bleibt am Leben, kalt und allein.«

»Ich bin jetzt schon kalt und allein«, sagte der Prinz.

»Und das Messer, vielleicht seht Ihr das Messer, auch wenn

es nur wie ein Blitz ist«, murmelte der Reisende. »Das Messer ist verflucht, es hat schon viel Unglück gebracht.«

Der Prinz beugte sich zu ihm. »Wer seid Ihr?«, fragte er. »Eure Stimme kommt mir bekannt vor … Nun weiß ich es, Ihr seid der Spielmann, der mir von dem Spukmesser erzählt hat.«

Der andere blickte ihn an. Zu seiner Verwunderung entdeckte der Prinz, dass der Spielmann jung war, nicht viel älter als er selbst.

»Ich bin der Spielmann, der Euch von dem Messer erzählt hat«, bestätigte der Reisende. »Aber Ihr hättet nicht in die Welt hinausziehen müssen, um es zu suchen, es wäre Euch auch so begegnet, morgen oder in einem Jahr … Was ist schon Zeit? Apropos Zeit, ich muss gehen. Ich habe eine Verabredung für Sonnenuntergang.«

»Es ist noch lange nicht Abend«, sagte der Prinz. »Bleibt, sagt mir, wer Ihr seid, was Ihr von dem Spukmesser wisst und warum Ihr mir davon erzählt habt. Ich will die ganze Geschichte hören.«

»Ich bin nur ein Spielmann«, sagte der andere, »auch wenn ich nicht von Liebe singe, sondern von Spuk, Geistern und verlassenen Schlössern. Die ganze Geschichte kann ich Euch zwar nicht erzählen, aber immerhin dies …

4

Es war einmal ein Zauberer. Viele glauben, Zauberer seien immer alt und hätten einen grauen Bart bis zu den Knien. Das stimmt nicht. Dieser Zauberer war jung, gut gewachsen, von guter Herkunft, kein Königssohn, aber mächtig durch Magie.«

»Was soll ich mit einem Zauberer?«, unterbrach der Prinz den Erzähler. »Ich will vom Spukmesser hören.«

»Die Geschichte des Zauberers und die Geschichte des Messers sind ein und dasselbe, Prinz! Das Messer gehörte dem Zauberer. Es war ein Erbstück, aber ein normales Messer, allerdings ein besonders schönes. Der Griff war aus verziertem Gold, die Schneide war aus Stahl, aus starkem, scharf geschliffenem Stahl, der aussah wie Silber … Der Zauberer trug es immer bei sich; seine Vorväter hatten es als Waffe benutzt, doch ihm diente es nur zu friedlichen Zwecken, sogar zur Unterhaltung. Zum Messerwerfen zum Beispiel, einem Spiel, bei dem ihm keiner seiner Freunde etwas vormachen konnte. Der Zauberer wohnte weit weg von hier, im Osten. Er war erfahren in vielen Künsten und viele ältere und weisere Zauberer sagten ihm eine große Zukunft voraus. Aber er war jung und widmete sich nicht immer mit dem nötigen Ernst seinen Studien. Er liebte es, auf wilden Pferden, die er mit einem einzigen Wort zähmte, zu reiten. Tatsächlich benutzte er seine magischen Kräfte oft beim Spiel.

Eines Tages blickte er in seinen Zauberkristall, in dem er die ganze Welt sehen konnte, in der Hoffnung, dass er ihm den Weg zu einem neuen Abenteuer zeigen könnte. Und was sah er? Eine Prinzessin, ein Mädchen, so lieblich, wie er noch nie eines gesehen hatte. Weiß und schlank, mit schönen, langen Haaren. Aber ihre blauen Augen standen voller Tränen, denn sie, die Tochter eines mächtigen Königs, war von ihrer Stiefmutter von Haus und Hof verjagt worden, verbannt in ein verfallenes Schloss an der äußersten Grenze des Reichs.

So sah der Zauberer sie in seinem Kristall: allein in jenem alten Schloss, gefangen zwischen öder Wildnis und einem reißenden Strom. Sie war sehr weit von ihm entfernt, aber seine Kenntnis und seine Macht waren groß genug, dass er ihr das Los sofort erleichtern konnte. Noch während er sie in seinem Kristall betrachtete, erneuerte er das Schloss und richtete die tausend Säle mit schönen Möbeln und Teppichen mit warmen Farben ein. Er ließ Feuer in den Kaminen flackern und zauberte die wunderbarsten Speisen und Getränke auf die Tische und die herrlichsten Kleider in die Schränke. Das alles tat er durch die Kraft von Sprüchen, mit Hilfe von Geistern und Dämonen, die ihm dienten, und durch die Kraft seiner Liebe für die ferne Prinzessin. Und als sie froh und verwundert durch die Säle ging, sprach er zu ihr, unsichtbar und doch sehr deutlich: ›Herrin meines Herzens, ich werde dir alles schenken, was du dir nur wünschen kannst. Du bist meine Liebste, Fürstin eines Schlosses, das seinesgleichen sucht.‹

›Aber ich bin allein‹, sagte die Prinzessin.

›Ich werde eine Brücke über den Strom bauen, Könige und Prinzen werden dich besuchen kommen‹, antwortete der Zauberer. ›Doch zuerst werde ich selbst dich aufsuchen. Ich bin ein Mann, ich liebe dich, warte auf mich …‹

Die Prinzessin konnte ihn nicht sehen, aber sie lächelte ihn in seinem Kristall an und versprach ihm zu warten.

Da machte sich der Zauberer bereit zu der Reise zum anderen Ende der Welt. Doch zuvor war er gezwungen, noch eine Weile zu ruhen; er war erschöpft von allem, was er für die Prinzessin in ihrem Schloss getan hatte. Zaubern geht nämlich nicht von alleine, es kostet Mühe und Kraft. Nur Zauberer wissen, wie anstrengend es ist …«

Der Spielmann stand auf. »Die Sonne steht tief, ich muss weg.«

»Nein, das lasse ich nicht zu!«, rief der Prinz und sprang auf. »Erzählt weiter von der Prinzessin.«

»Ich habe von einem Zauberer erzählt«, sagte der Spielmann. »Er machte sich auf die Reise zu der Prinzessin, der er so viel gegeben hatte. Er reiste nicht zu Fuß oder zu Pferd, sondern auf einem fliegenden Teppich, der genauso fröhlich bunt war, wie er sich fühlte …«

»Und dann?«, fragte der Prinz.

»Ich gehe«, sagte der Spielmann. »Reist stromaufwärts weiter. Auf Wiedersehen.« Er lief auf den Fluss zu und war plötzlich verschwunden.

Der Prinz blickte sich in der Dämmerung um. Ihm wurde ganz ängstlich zumute. Wer war dieser Spielmann? Er hatte noch nichts von dem Spukmesser erzählt. *Reist stromaufwärts weiter*, hatte er gesagt. Aber nicht gleich, dachte der Prinz. Er warf ein paar Zweige auf das Feuer und sctzte sich wieder. Er lauschte auf das Rauschen des Flusses und das Rascheln des Windes in den Bäumen. Plötzlich hatte er Angst, er könnte das Spukmesser zu früh treffen. Erst wollte er den Rest der Geschichte hören. Der Spielmann hatte »Auf Wiedersehen« gesagt…

5

Der Prinz reiste stromaufwärts weiter. Der Weg stieg an, der Fluss wurde allmählich zu einem wilden Bach. Es wurde kälter. An jeder Wegbiegung blieb der Prinz stehen und dachte an das Spukmesser. Er dachte auch an seine vorige Reise, die ihm lange her zu sein schien. Auch damals war er durch einsame Gebiete gewandert, allerdings zu Pferd, nicht zu Fuß, und er war fröhlich und erwartungsvoll gewesen. Nun war es zwar anders, aber die Umgebung kam ihm irgendwie bekannt vor.

An einem Nachmittag lief ihm wieder der Spielmann über den Weg, schwarz gekleidet wie immer. Sein Gesicht war von einer Kapuze beschattet und wirkte verschwommen und abwesend.

»Ihr seid bald da, Prinz«, sagte er. »Aber Ihr könnt noch umkehren.«

»Ich verstehe Euch nicht«, sagte der Prinz.

»Kommt, ruhen wir uns aus«, sagte der andere. »Macht ein Feuer für mich, denn mich friert es bis auf die Knochen. Dann werde ich Euch mein Märchen weitererzählen. Ja, es ist ein Märchen.«

Bald darauf erzählte er:

»*Es war einmal eine Prinzessin in einem prächtigen Schloss*, das ihr durch Zauberei eingerichtet war, und sie wartete auf den Geliebten, der unsichtbar mit ihr gesprochen hatte. Und siehe da, eines Morgens führte plötzlich eine Brücke über den Strom und über die Brücke kam ein Prinz geritten. Er war jung und schön; trotzdem war er nur ein Prinz, der in die weite Welt gezogen war, um sein Glück zu suchen. Das Tor des Schlosses stand offen und die Prinzessin kam ihm entgegen. Sie begrüßte ihn wie einen Freund, empfing ihn als Gast. Und weil sie ihn als ihren Befreier betrachtete, verliebte sie sich in ihn …«

»Liebe auf den ersten Blick«, flüsterte der Prinz. »Sie liebten einander!«

»Ein schöner Spruch«, sagte der Spielmann abfällig. »Aber vergesst den Zauberer nicht. Nur durch sein Zutun war die Prinzessin in ihrer Verbannung nicht umgekommen. Ihr Essen, ihre Kleider, ihr Reichtum kamen von ihm. Er hatte das Zimmer eingerichtet, in dem sie den erstbesten Prinzen empfing, der zufällig über die Brücke gekommen war. Und als der Zauberer dann durch das Fenster auf seinem fliegenden Teppich angeflogen kam, fand er sie zusammen. Er war zu spät gekommen, sie hatte ihre Liebe einem anderen gegeben … Nur wer je verliebt gewesen ist, kann verstehen, wie er sich fühlte.

Er machte der Prinzessin Vorwürfe, weil sie ihn verraten hatte, aber er wartete ihre Antwort nicht ab. Er wandte sich zu dem Prinzen, der nichts begriff. Er hätte ihn verzaubern können, in ein Tier oder einen Stein, aber Zauberkunst schien ihm in diesem Moment zu wenig für seinen Zorn. Er wollte nicht mehr und nicht weniger als seinen Rivalen töten, ihn ermorden – mit bloßen Händen. Der Zauberer zog das Messer aus dem Gürtel, das alte, schöne, aber gewöhnliche Messer. Er hob es hoch, um es nach seinem Gegenspieler zu werfen …«

»Das war unfair«, unterbrach ihn der Prinz. »Der Prinz war unbewaffnet.«

»Es war unfair«, gab der Spielmann zu, »denn der Zauberer blieb ein Zauberer. Geschickter als die meisten Menschen. Wenn er das Messer warf, würde er sein Ziel nicht verfehlen, das wusste er. Trotzdem warf er sein Messer und zielte direkt auf das Herz des Prinzen. Aber er war ein Zauberer, und in dem Moment, als er das Messer losließ, sah er voraus, was in der Zukunft passieren würde. *Die Prinzessin sprang vor den Prinzen, so dass das Messer sie durchbohren würde.* Und seine Macht war nicht groß genug, die Zeit zurückzudrehen, seinen Wurf ungetan zu machen. Die Prinzessin würde sterben müssen. Aber er war ein Zauberer. Er konnte zwar den Lauf der Ereignisse nicht ändern, doch er konnte den Gegenstand selbst verändern, das Messer, das echt und wirklich und tödlich war. Und in dem Tausendstel einer Sekunde nahm er all seine Kraft zusammen und *ermordete* das *Messer* – verwandelte es in den Geist eines Messers, unwirklich und ohne Substanz, in ein Messer, das nicht verletzen konnte, in ein *Spukmesser*.

Es schnellte durch die Prinzessin hindurch, ohne sie zu töten, flog an dem Prinzen vorbei, drang durch die Mauer und war verschwunden. Doch der Zauberer fiel bewusstlos zu Boden, denn seine ganze Kraft war verbraucht.

6

Als der Zauberer wieder zu sich kam, war es kalt im Zimmer. Die Prinzessin stand auf dem Teppich, auf dem er zu ihr geflogen war, vor einer Stunde oder vor Tagen, er wusste es nicht. Sie blickte mit kalten Augen auf ihn hinunter und sagte: ›Steh auf.‹

Mühsam richtete er sich auf und fragte: ›Wo ist der Prinz?‹

›Welcher Prinz?‹

›Der Prinz, der …‹

›Ach so, *der* …‹, sagte die Prinzessin gleichgültig. ›Ich habe ihn weggeschickt. Er hat gesagt, er wolle … Ach, ich weiß es nicht mehr. Er ist weg. Und Ihr müsst jetzt auch weggehen.‹

Der Zauberer wusste nicht, was er sagen sollte. Er begann zu stammeln. ›Vergebt mir!‹ Doch die Prinzessin schien ihn kaum zu hören. Sie sagte noch einmal, dass er gehen müsse, mit einer Stimme, die ebenso kalt war wie ihr Blick.

Langsam verstand der Zauberer, dass er ihr Leben nur zum *Teil* gerettet hatte. Sein Messer hatte auf irgendeine Art ihr Herz zu Stein werden lassen, hatte ihr Gefühl getötet, ihr die Erinnerung genommen.

Entsetzt versuchte er, sich an die Zaubersprüche zu erinnern, um ihr dieses Stück Leben zurückzugeben, aber er wusste keinen mehr. Und das Spukmesser, die Ursache des Unheils, war verschwunden. Nein, nicht das Spukmesser war die Ursache, sondern *er selbst.* Er hatte seinen Hass und seine Wut in das Messer gelegt und es unsichtbar in die Welt geschickt. In dem Schloss war die Prinzessin zurückgeblieben, einsamer denn je, ohne Liebe, ohne Hoffnung, ohne

Erinnerung. Aber vielleicht erinnerte sie sich doch noch an etwas, denn einmal murmelte sie: ›Früher war es anders …‹

Etwas wie Zorn und Angst erschien in ihrem Blick. ›*Ihr* habt alles verändert. Geht weg!‹ Immer wieder sagte sie die Worte: ›Geht weg!‹ Und schließlich ging er. Was hätte er anderes tun können?

Als der Zauberer das Schloss verlassen hatte und über den Strom gegangen war, stürzte die Brücke hinter ihm ein. Verzweifelt blickte er zu den leeren Fenstern und zu dem verschlossenen Tor hinüber. Dann blickte er in seinen Kristall, und bei dem Anblick, der sich ihm bot, wuchs seine Verzweiflung nur noch mehr. In dem Schloss verblassten die Farben der Wandteppiche, sie hingen nur noch in Fetzen herunter. In den Wänden zeigten sich Risse und Sprünge, die Möbel fielen zusammen, das Feuer erlosch im Kamin – alles, was er mit seiner Zauberkunst geschaffen hatte, verschwand, verflüchtigte sich. Er umklammerte den Kristall und versuchte, alles zurückzuzaubern, aber es ging nicht. Er hatte seine magische Kraft verloren, oder besser, verspielt.«

7

Der Spielmann schwieg und hielt die Hände über das Feuer.

»Was für eine schreckliche Geschichte«, flüsterte der Prinz. »Kein Märchen, das weiß ich. Hätte ich das nur früher gehört, dann hätte ich alles besser verstanden. Die Prinzessin, wo ist die Prinzessin jetzt? Lebt sie noch?«

»Sie ist noch im Schloss«, antwortete der Spielmann. »In ihr und um sie ist Leere, Tag und Nacht wechseln einander ab, aber sie lebt in der Dämmerung, und das ist gefährlich, vor allem nachts. Der Zauberer beschützt sie mit der geringen Macht, die er zurückgewonnen hat. Er kann noch immer eine andere Gestalt annehmen. Wenn er nicht bei ihr ist, schweift er durch die Welt und hört immer wieder von dem Unheil, das sein Messer angerichtet hat. Noch immer schwebt es umher, unsichtbar, ein Feind der Liebe und des Lebens, das Messer, das durch seinen Willen entstanden war.« Er schwieg eine Weile, dann sagte er: »Wenn das Messer vernichtet wird, wird der böse Zauber vielleicht gebrochen.«

»Wie kann man es vernichten?«, fragte der Prinz flüsternd.

Der Spielmann schlug den Mantel fester um sich, fast verschwand er darin. »Die meisten Verzauberungen enden da, wo sie begonnen haben«, sagte er leise. »*Einmal wird das Messer ins Schloss zurückkehren.* Das glaubt der Zauberer. Aber er weiß auch, dass das Messer auf der Suche nach einem bestimmten Herzen ist, das es durchbohren will. Ihr versteht sicher, welches Herz gemeint ist: das Herz des Prinzen, der von der Prinzessin geliebt wird, das Herz des Prinzen, der der Prinzessin sein Leben zu danken hat. Das Messer weiß nicht, dass sie ihn weggejagt und ihn vergessen hat.«

Der Prinz sank in sich zusammen. Aber er sagte nichts.

»*Der Prinz und das Messer suchen einander*«, flüsterte der Spielmann. »Wenn das Messer den Prinzen durchbohrt hat, wird er es *sehen.* Vielleicht wird er in der Lage sein, es zu packen und festzuhalten. Und dann muss er meiner Meinung nach etwas tun, um den Zauber zu brechen.«

»Ich würde alles dafür tun«, sagte der Prinz.

»Ihr habt Euch doch Vergessen gewünscht«, sagte der Spielmann. »Das Messer wird Euch alles vergessen lassen, es sei denn, Ihr seid sehr stark.« Er stand auf. »Die Dämmerung kommt heute früh, ich muss gehen.«

Der Prinz richtete sich auf und hielt ihn zurück. »Wenn der Prinz es schafft, das Messer zu packen, was muss er dann tun?«

»Wenn der Prinz das Messer fest in der Hand hält, kann es kein Spukmesser mehr sein. Er muss damit das Herz des Zauberers durchbohren. Das ist der einzige Weg.«

»Das Herz des Zauberers durchbohren?«, stammelte der Prinz. »Woher wisst Ihr das? Und ...«, er konnte kaum weitersprechen, »wo finde ich ihn?«

»Ihr werdet ihn bestimmt wieder erkennen, wenn Ihr ihn trefft«, sagte der Spielmann. »Aber wahrscheinlicher ist es, dass Ihr ihn und die Prinzessin vergesst.« Er entfernte sich. Nach ein paar Schritten drehte er sich um und kam zurück. »Vielleicht kann Euch das helfen. Macht die Augen zu und streckt die Hände aus.«

Nach einigem Zögern tat der Prinz, was der andere gesagt hatte. Er fühlte etwas Kaltes und Glattes in seinen Fingern. »Er ist zerbrechlich«, hörte er den Spielmann sagen. »Früher war er klar wie Glas, ein Kristall, in dem man alles sehen konnte, jetzt ist er fast stumpf geworden. Aber vielleicht steckt doch noch ein wenig Zauberkraft in ihm.«

Als der Prinz die Augen aufmachte, war der Spielmann verschwunden. Er betrachtete den Kristall in seiner Hand. Der war eiförmig und fast ganz mit einem weißen Belag überzogen. Der Prinz sah, dass sich etwas bewegte, doch es waren nur Schatten, aus denen er nicht klug wurde. Er hatte das Gefühl, durch einen Schleier von Tränen zu blicken, doch als er sich die Augen rieb, waren sie trocken.

8

Weiter stromaufwärts, immer weiter, denn zurück kann ich nicht mehr, dachte der Prinz.

Der Weg führte ihn immer höher hinauf und die Gegend wurde immer öder und einsamer. Manchmal holte er den Kristall aus der Manteltasche, doch wurde der immer weißer und undurchsichtiger, wie Kalk, und der Prinz konnte nichts mehr sehen. Schließlich hörte er auf, ihn zu betrachten, und ging weiter. Manchmal meinte er, in dem Brausen des Windes das *Messer* zu hören, das unsichtbar auf ihn zukam. Dann lief ihm ein Schauer über den Rücken. Er dachte an die Prinzessin, an sich selbst, an den Spielmann und den Zauberer – und dann wieder an die Prinzessin.

Und da plötzlich fühlte er den eisigen Schmerz, die stechende Kälte durch sein Herz fahren. Er schnappte nach Luft und merkte erstaunt, dass er noch atmen konnte. Der Schmerz ging vorbei, die Kälte nicht. Er hörte ein seltsames, singendes Surren im Kopf, das das Geräusch des strömenden Wassers übertönte. Er schaute sich um und sah das Messer in der Gischt über einem Wasserfall schweben. Es glitzerte silbern und golden, seine Schneide funkelte in allen Farben des Regenbogens. Es war prachtvoll, tödlich, er musste es haben. Er bewegte sich. Nun schwebte es vor ihm her über den Pfad.

»Das kann kein Spukmesser sein«, dachte der Prinz. »Es ist echt! Was für eine Waffe! Wie scharf diese silbrige Klinge sein muss! Doppelt geschliffener Stahl.«

Er folgte dem Messer den Strom entlang, immer weiter nach oben. Wie komme ich nur auf die Idee, das könnte ein *Spukmesser* sein?, fragte er sich. »Spukmesser.« Er streckte die kalten Hände aus und berührte flüchtig etwas Rundes und Glattes. »Jemand hat mir was erzählt … Etwas, was ich nicht vergessen sollte … Was war das denn? Gleich! Erst muss ich das Messer haben, mein Messer, mein Messer!«

9

Das Spukmesser gehörte niemandem. Seit es in die Welt geflogen war, gehorchte es magischen Gesetzen, die sogar ein Zauberer nicht ganz begreifen konnte. Doch was der Spielmann gesagt hatte, stimmte. Nachdem es den Prinzen durchbohrt hatte, reiste es zurück zu der Stelle, wo es hergekommen war. Es kümmerte sich nicht mehr um den Prinzen, der immer weiter zurückblieb. Es flog schneller und schneller.

Endlich hatte es das Schloss am Ufer des wilden Stromes erreicht – uralt, mit grauen, bewachsenen Mauern, die Kupferdächer grün vom Grünspan, die meisten Fenster zerbrochen, die Zugbrücke zusammengestürzt, mit klapperndem Tor.

Das Spukmesser glitt durch die Mauer und schwebte suchend durch die tausend Säle, bis es in das Zimmer kam, in dem sich die Prinzessin befand. Sie saß da, hatte sich in den einzigen Teppich gewickelt, der sich noch im Schloss befand, und starrte in die Asche eines Kamins.

Das Messer blinkte immer wieder auf und wurde dann wieder dunkel – sichtbar, unsichtbar –, als wolle es die Prinzessin grüßen, aber sie sah es gar nicht. Draußen ging die Sonne auf, aber auch das sah sie nicht. Die Fledermaus flatterte durch ein zerbrochenes Fenster herein und auch sie sah die Prinzessin nicht. Sie legte das Gesicht in die Hände und weinte. Das Messer schwebte unsichtbar über ihrem Kopf.

10

So fand der Prinz die Prinzessin, als er später am Tag ins Schloss kam, zitternd und nass, weil er durch das reißende Wasser hatte schwimmen müssen. Das Wasser hatte seinen Kopf klarer gemacht. Er wusste nun nicht nur, dass er auf der Suche nach dem Messer war, sondern auch, dass dieses Schloss das Ziel seiner Reise war. Durch die tausend Säle irrend, erinnerte er sich auch vage an ein anderes Schloss, in dem es warm und schön und fröhlich gewesen war und wo jemand auf ihn wartete ... Aber das konnte doch nicht dasselbe Schloss sein.

Er kam in das Zimmer, in dem die Prinzessin saß und bitterlich weinte.

Er trat näher. »Was ist los?«, fragte er, doch sie antwortete nicht. Er neigte sich zu ihr und dachte nicht mehr an das Messer. »Warum weinst du?«, erkundigte er sich mitleidig.

»Ich habe Hunger«, schluchzte die Prinzessin.

»Dann musst du essen«, meinte der Prinz.

»Es ist nichts da. Ich habe Hunger und es ist kalt und ich fühle mich allein.«

»Ruhig, ganz ruhig!«, sagte der Prinz. »Ich sorge für dich. Erst machen wir mal Feuer an ...«

Im Kamin war nur Asche, doch plötzlich raschelte etwas im Schornstein. Sofort schlugen Flammen auf, rote und gelbe

Flammen. Eine Fledermaus flatterte wie aufgescheucht aus dem Kamin und verschwand in einer dunklen Ecke des Zimmers. Der Prinz und die Prinzessin achteten nicht auf sie, denn über dem Feuer erschien aus dem Nichts eine Pfanne, in der Butter zischte.

»Oh!«, rief die Prinzessin und ihre blauen Augen begannen zu strahlen. »Habt Ihr das gemacht? Das ist Zauberei!«

»Zauberei ja, aber nicht von mir«, murmelte der Prinz. »Nun weiß ich es wieder: Ich suchte ein Messer, ich war unglücklich verliebt, voller Hoffnung und Schmerz, ich dachte an den Tod und an große Taten …!«

»Hast du was zu essen?«, fragte die Prinzessin.

»Ja …«, fing der Prinz an. »Nein«, sagte er dann betrübt. Er suchte in den Taschen seines Mantels. Vielleicht hatte er doch noch etwas? Er fühlte den Kristall, holte ihn heraus und betrachtete ihn. Er war undurchsichtig, weiß und glatt …

»Ich habe doch etwas, ein … Ei!«

Er zerbrach das Ei über der Pfanne. Die Prinzessin klatschte vor Freude in die Hände.

Und plötzlich wurde das Spukmesser sichtbar. Geheimnisvoll glänzend schwebte es über ihrem Kopf.

Die Prinzessin sah es nicht, aber der Prinz. »Mein Messer!«, rief er. – »Gib es mir«, sagte die Prinzessin, »ich brauche es.«

Der Prinz griff danach, einmal, noch einmal, aber vergeblich. Das Messer wich ihm aus und schwebte direkt in die Hand der Prinzessin.

11

Es ist *mein* Messer, dachte der Zauberer. Mein Hass und meine Liebe stecken in diesem Messer. Auch meine Trauer. Und nun hat *sie* es in die Hand genommen und benutzt es, um ein Ei zu backen, als wäre es ein gewöhnliches Küchenmesser … ein ruhmloses Ende?

Ihm schien, als sähe er eine Träne von der Klinge gleiten und zischend verdampfen. Hier ist noch Zauberei am Werk, dachte er, aber von wem? Habe ich das getan, der ich doch fast keine Macht mehr habe, oder waren sie es?

Langsam löste er sich aus der Fledermausgestalt, blieb aber im Schatten. Die Prinzessin braucht einen Teller, damit sie essen kann, dachte er, und sofort war einer da. Er schaute zu, wie sie aß, wie ihre Wangen wieder Farbe bekamen. Er sah, wie sie noch einmal nach dem Messer griff, um ein Stück Ei für den Prinzen abzuschneiden, und ihm wurde kalt ums Herz. Doch einen Moment später lag das Messer vergessen auf dem Boden und der Prinz und die Prinzessin umarmten sich. Endlich hatten sie sich erkannt, vergessen war die Zauberei, die sie so lange getrennt hatte.

Sie lachten und weinten und küssten einander. Bis ein Rascheln sie erschreckte, ein flüchtiger Schatten. Eine Fledermaus flatterte zum Fenster.

»Die letzte!«, rief die Prinzessin. Sie ließ den Prinzen los. »Geh nicht weg, Fledermaus! Bleib hier!«

»Geh nicht weg!«, wiederholte der Prinz, was die Prinzessin gesagt hatte. »Bleib hier!«

Die Fledermaus landete auf dem Boden und verwandelte sich in den Spielmann. Sein Gesicht war verschwommen und schien fast unter der Mütze seines schwarzen Mantels zu verschwinden. Er blickte die beiden schweigend an.

»Wer seid Ihr?«, flüsterte die Prinzessin. »Sind wir einander nicht schon einmal begegnet?«

»Diese Begegnung solltet Ihr besser vergessen«, sagte der Spielmann.

»Ich erinnere mich aber, dass wir uns getroffen haben«, sagte der Prinz leise. »Ich weiß, wer Ihr seid, und ich weiß auch, was ich tun sollte …«

Er bückte sich und hob das Messer auf.

Der Spielmann warf die Kapuze seines Mantels ab und blieb unbeweglich stehen.

»Hier ist Euer Messer zurück«, sagte der Prinz. »Es braucht kein Herz mehr zu durchbohren. Ich glaube, der böse Zauber ist schon gebrochen.«

Langsam streckte der Spielmann die Hand aus, zögernd griff er nach dem Messer. »Das glaube ich auch«, sagte er. »Ich verstehe nur nicht genau, wie.«

»Habt Ihr es denn nicht getan?«, fragte der Prinz.

Der Spielmann schüttelte den Kopf. »Mir ist nur sehr wenig Zauberkraft geblieben.«

»Da bin ich nicht so sicher«, flüsterte der Prinz. »Ihr seid noch immer ein Zauberer.«

Der Spielmann steckte das Messer in seinen Gürtel. »Vielleicht«, sagte er. »Aber diese Geschichte ist nun aus. Der Prinz und die Prinzessin leben noch lange und glücklich miteinander.«

Ein Blitz – und weg war er, nicht einmal eine Fledermaus war mehr zu sehen. Aber als der Prinz und die Prinzessin zum Fenster gingen, die Prinzessin noch immer in den einzigen, bunten Teppich gekleidet, sahen sie, dass eine neue, prächtige Brücke über den Strom führte.

»Er hat seine alte Macht zurück«, murmelte der Prinz.

»Wer war er? Ich habe das Gefühl, ich müsste ihn kennen«, sagte die Prinzessin.

Der Prinz legte die Arme um sie. »Ich werde dich mitnehmen in das Reich meines Vaters«, sagte er. »Weg aus diesem einsamen Schloss. Und unterwegs erzähle ich dir die Geschichte vom Spukmesser.«

Tonke Dragt
Der Goldschmied und der Dieb
Abenteuer-Roman
Mit Bildern von Tonke Dragt
Gulliver Taschenbuch (78237), 464 Seiten *ab 10*

Die Zwillingsbrüder Jiacomo und Laurenzo sehen sich zum Verwechseln ähnlich. Kein Mensch in Bainoe, der Hauptstadt von Babina, kann sie auseinanderhalten, und wo die beiden auftauchen, gibt es Mißverständnisse und Verwechslungen. Als Laurenzo sich für das Handwerk des Goldschmieds entscheidet und Jiacomo zu einem Meisterdieb in die Lehre geht, wird die Verwirrung noch größer. Weshalb gerät Jiacomo in den Verdacht, die silbernen Becher des Herrn von Talamoera gestohlen zu haben? Warum kommt Laurenzo in Bedrängnis, als er eine kostbare Perle verkaufen will? Und wie werden die Zwillingsbrüder schließlich König von Tirania?

Beltz & Gelberg
Beltz Verlag, Postfach 100154, 69441 Weinheim

Tonke Dragt

Der Brief für den König

Abenteuer-Roman

Aus dem Niederländischen

Gulliver Taschenbuch (78023), 400 Seiten *ab 11*

In Holland als »Bestes Buch des Jahres« ausgezeichnet

Tiuri verläßt in der Nacht, bevor er seinen Ritterschlag empfangen soll, seine Heimatstadt und nimmt einen gefährlichen Auftrag an: Er soll einen Brief mit einer geheimen Botschaft in das ferne Königreich Unauwen bringen. Ritter, Reiter und Spione verfolgen ihn, er muß Gefahren bestehen, wird gefangen genommen, aber es gelingt ihm zu flüchten. Doch er findet auch Freunde, die ihm bei seiner schwierigen Aufgabe helfen.

»... ein richtiges Schmökerbuch für Leser, die Sinn für sagenähnliche Abenteuergeschichten haben.«

Das neue Buch/Buchprofile

Beltz & Gelberg
Beltz Verlag, Postfach 100154, 69441 Weinheim

Tonke Dragt
Der Wilde Wald
Abenteuer-Roman
Aus dem Niederländischen von Eleonore Meyer-Grünewald
Gulliver Taschenbuch (78056), 416 Seiten *ab 11*

Seltsame Dinge werden über den Wilden Wald erzählt: von Räubern und vergessenen Städten, von Rittern mit roten Schilden, vor denen man auf der Hut sein muß, von geheimnisvollen grünen Wesen … Tiuri, ein junger Ritter, macht sich auf, diese Rätsel zu lösen. Freunde helfen ihm dabei, und doch ist er oft ratlos und verwirrt und weiß nicht, ob er seinem eigenen Urteil noch trauen kann. Er wird dabei in den Kampf der zerstrittenen Söhne von König Unauwen verstrickt, ein Kampf zwischen Gut und Böse, in dem niemand neutral bleiben kann.

»… besser nicht erst abends mit dem Lesen anfangen! Es könnte sonst nämlich passieren, daß man das Buch erst morgens beim Klingeln des Weckers aus der Hand legt.«
RIAS Berlin

Tonke Dragt
Das Geheimnis des siebten Weges
Abenteuer-Roman
Aus dem Niederländischen von Liesel Linn
Mit Bildern von Tonke Dragt
Gulliver Taschenbuch (78063), 320 Seiten *ab 11*

Und dann? Was passierte dann? Jeweils fünf Minuten vor halb vier beginnt Lehrer Franz seinen Schülern Geschichten zu erzählen: von Kriegern und Krummsäbeln, von einem finsteren Schloß, von Schiffbruch und einer unbewohnten Insel. Kaum zu glauben, daß eine seiner phantastischen Geschichten plötzlich Wirklichkeit wird! Mitsamt seinen Schülern wird er in ein geheimnisvolles Komplott verwickelt. Dabei geht es nicht nur um den zehnjährigen Gerd-Jan, sondern auch um einen verborgenen Schatz. Eine wichtige Rolle spielen dabei das Lied vom Siebensprung und eine Wegkreuzung mit dem gleichen Namen. – Der Roman wurde als 13teilige Folge für das Fernsehen verfilmt.

Beltz & Gelberg
Beltz Verlag, Postfach 100154, 69441 Weinheim

Beltz & Gelberg
Beltz Verlag, Postfach 100154, 69441 Weinheim